宮沢賢治の作品集
銀河鉄道の夜

宮澤賢治
短篇小說集 II

收錄
銀河鐵道之夜等
10篇小說

宮澤賢治 著
許展寧 譯

宮澤賢治與他的童話故事

日本九州大學特別研究員
賴怡真

宮澤賢治（一八九六年至一九三三年），日本岩手縣稗貫郡里川口村（現花卷市）出生。是日本的詩人、童話作家，也是農業學校的教師跟地質與天文專家，享年三十七歲。

本書所收錄的〈銀河鐵道之夜〉由兩條支線所組成，其一是探討何謂「真正的幸福」，其二則是以賢治早逝的妹妹為主軸，描繪主角喬邦尼與好友卡帕奈拉的友情。而這兩條支線的主題也幾乎貫穿了宮澤賢治所有的作品。賢治對於「真正的幸福」的探討淵源於賢治的生長背景。賢治所出生的東北岩手縣土地貧瘠，自古便屢次發生歷史留名的乾旱與米荒，即便是賢治出生後的明治三五年與三八年，都因農作物欠收而發生嚴重饑荒。隨著饑荒發生，賣女兒與扼殺嬰兒的慘事頻傳。在賢治一連串的傳記童話裡（如〈卜多力的一生〉）也描繪著饑荒導致的家破人亡，父母相繼自殺，妹妹被擄走的情節。而因無法耕種，農夫們也只好至外縣市捕獵為生，或是在非狩獵期間非法捕獵。〈銀河鐵道之夜〉裡，薩奈利嘲笑喬邦尼的台詞：「喬邦尼，你爸爸要帶海獺上衣回來囉！」其實就是暗指其父親從事非法捕獵，會被抓進監牢一事。而賢治一家自古即為當地的地方名士，父親繼承了家業的當舖與舊衣舖並將其擴大。但當舖本是以窮人為生意對象，而舊衣舖的客源也是附近的農夫們，靠著窮苦人家壯大自己的家業這一點使賢治無法接受，自小便與父親屢次發生衝突。在賢治國中所吟唱的俳句就有提到：「父親啊父親啊你何必在舍監的面前捲動你那銀手錶」。這首俳句裡面吐露了賢治對父親炫耀財富的厭惡感。賢治如此矛盾的出身使其作品裡不斷地探討何謂「真正的幸福」。在〈銀河鐵道之夜〉裡，家境富裕的卡帕奈拉為了救人獻上自己的性命，但「不曉得媽媽會不會原諒我」這一句台詞便點出了卡帕奈拉的矛盾。自己的幸福與全部的人的幸福永遠是相剋的問題，就如同賢治的家業一樣。而在〈虔十公園林〉裡，我們可以看到賢治是如何以另外一個角度去描繪身心障礙者的故事。因為自身跟周圍的人不同而被嘲笑的虔十，執意建造的杉林公園「今後不曉得將會讓幾千人明瞭真正的幸福」。賢治曾在「兄妹像手帳」上留下「Kenju Miyazawa」的簽名，這裡的賢治英文拼音（kenji）刻意寫成（kenju），即「虔十」的日文發音。從虔十的身上也看到賢治「不畏風雨」一詩中所提到「就算被大家叫做笨蛋，沒有人稱讚我，我也不以為苦」的精神。〈夜鷹之星〉這故事曾被鈴木健司（《所謂宮澤賢治的現象》（蒼丘書林，二〇〇二年五月）指出是安徒生童話〈醜小鴨〉與〈賣火柴的小女孩〉的綜合版。就像醜小鴨一樣，夜鷹因為醜陋的外貌受到無情的欺壓，最後則跟賣火柴的少女一樣用盡了力氣在寒冷的夜裡變成了天河邊永遠閃亮的一顆星。但「夜鷹之星」獨特的是，在臨死前（即便故事裡沒有描繪出死亡）做了許多掙扎。夜鷹徹悟到自己為了果腹而每天奪取了許多昆蟲的生命，但仍然留戀生命的他往西、南、北、東尋求眾星的援救。這個描繪也跟〈不畏風雨〉一詩裡，詩人去東邊探望生病的人，去西邊幫忙疲憊的母親背稻草，去南邊安慰快要臨死的病人，去北邊勸說愛吵架的人一樣，夜鷹奔命的姿態跟詩人為了所有人的幸福而東南西北的奔波的姿態相重疊。但夜鷹的奔波是屬於極端的自我懲罰，最終獲得救贖而升天。而一樣是發出閃耀光芒的〈貝之火〉裡，兔子赫莫伊因為自身的驕傲自大讓貝之火失去了原本的光芒，也被破碎的貝之火刺瞎了眼睛。這部作品明顯保留賢治早期作品殘酷且恐怖的氣氛，其草稿上繪有「吉↓吝↓凶↓悔」的圓形輪迴圖，點出賢治早期常描繪的「驕傲自毀」主題。其「悔」的輪迴最終將回到「吉」，如同赫莫伊的爸爸最後的台詞：「能夠得到教訓就是你最大的幸福」，也為這部傷感的作品帶來最大的救贖。

接下來探討賢治作品的第二條支線，便是賢治與其妹妹敏（トシ、とし子、敏）的關係。賢治的創作原點可推至大正七（一九一八）年。喜愛創作的賢治在家人面前朗讀了〈蜘蛛、蛞蝓與狸貓〉與〈雙子星〉。其中〈雙子星〉的春瑟與寶瑟童子的雙胞胎兄妹就是賢治一連串兄妹物語的起點。就像西格蒙德·佛洛伊德曾經提到的三層式複寫版的作用一樣，上面所貼的透明貼紙可以不斷地撕開，再寫入新的資訊，之前寫的文字在透明貼紙撕開的同時看似消失了，但因為中間的石蠟紙的複寫功能全部被保存在最底層的蠟版上。賢治的作品不斷地重複描繪兄妹間的離散或是生死離別，但不管再怎麼改寫與刪改，衍生出多少部兄妹物語，其原點就是賢治面對妹妹死亡這個巨大打擊的喪失感。賢治在所有的兄弟姐妹中與年齡相近的妹妹敏感情最好，但敏卻在大正十一（一九二二）年，賢治二十六歲的時候病逝。

無法接受敏死亡事實的賢治，在半年後搭乘樺太鐵道行經青森、北海道、函館等地展開一連串的追悼旅程，賢治將這段體驗詠成了一連串的詩篇如〈青森挽歌〉〈宗谷挽歌〉〈鄂霍次克挽歌〉等詩。〈銀河鐵道之夜〉中喬邦尼與卡帕奈拉雖不是兄妹，但喬邦尼獨自一人回到人間的這個橋段便與現實中賢治與妹妹生離死別的遭遇相重疊，〈銀河鐵道之夜〉也一向被視為是詩篇〈青森挽歌〉的童話版。而在〈夜鷹之星〉中登場的夜鷹與翠鳥弟弟，蜂鳥妹妹也分別代表了賢治、賢治的弟弟清六與妹妹敏。

另外，我們還可以發現賢治的作品有一個特色，便是「脱民話」現象。柳田國男在明治四十三（一九一〇）年發表了《遠野物語》以後掀起了一股民俗學熱潮，其收集了東北岩手的遠野地方的傳承故事，也正與以故鄉的東北為創作舞台的賢治相重疊。賢治將岩手（Iwate）視為理想鄉，並將之幻化成故事裡的舞台（Ihatov），我們可以發現賢治版的東北童話與柳田國男所蒐集的東北傳説時常有出入。例如本書收錄的〈祭典夜〉裡，外表可怕卻懦弱正直的山男，在接受亮二的幫助以後，依約帶來了一百捆木柴與八斗栗子。而在柳田《遠野物語》一書中提到的山男要男子每年的某月某日都固定做餅放在庭院給他吃，而山男也依約每年帶著體魚皮的謝禮出現。這篇故事裡守約的山男跟賢治筆下正直過頭的山男有著異曲同工之趣，但賢治的〈祭典夜〉裡，亮二對於過於正直的山男流露同情之意，「心頭冒出了一股想哭的衝動」，這部分的描寫便是賢治作品發光的所在，也是傳說故事裡面沒有的部分。亮二對山男的同情就像是〈銀河鐵道之夜〉裡喬邦尼對捕鳥人的同情，為了捕鳥人的幸福，喬邦尼願意獻出自己所有的東西與食物，甚至願意代替捕鳥人在河岸上站上百年也在所不辭。亮二對山男的同情與喬邦尼對捕鳥人的同情，都起源自賢治當時所信奉的佛法裡所提到的狩獵之人皆為罪孽之人這個典故（工藤哲夫〈「捕鳥人」考〉（《賢治論考》和泉書院，一九九五年三月）。山男雖不是狩獵之人，但在柳田的「山男說」裡，山男乃以捕獵維生的日本人原型，而賢治作品裡的山男，也多半為了捕獵而下山這點不謀而合。為了罪孽之人奉獻上自己的思想不時出現在賢治作品裡，所以卡帕奈拉不惜獻上自己的生命所營救的，居然是班上的惡霸薩奈利也就不足為奇了。

而在〈渡過雪原〉裡，當哥哥四郎問道：「所以大家說狐狸愛騙人，其實都是謊言嗎？」小狐狸紺三郎氣憤地回答：「當然是謊言。而且還是天大的謊言」。小狐狸的這個台詞裡便含有賢治對這些民俗學裡錯誤的描述所提出的代辯。我們可以在賢治諸多作品裡找到類似柳田書中記載的東北民間故事，但在賢治筆下所描繪的，則是長在東北，生在東北的賢治眼中真正的東北模樣。附帶一提，〈渡過雪原〉這篇作品也是賢治生前唯一拿到稿費的作品（五日圓）。

〈開羅團長〉則是跟本書第一卷所收錄的〈歐茨貝爾與象〉一樣，可說是賢治版的普羅文學（無產階級文學）作品。一開始雨蛙們都是興高采烈地在勞動，最後卻因陷入開羅團長的圈套展開了殘酷的勞動。但就跟〈歐茨貝爾與象〉裡，白象不是靠著自己的力量掙脫工廠主的壓榨一樣，雨蛙們之所以得到救贖也是靠著國王所頒發的命令。而在〈號誌燈先生與號誌燈小姐〉裡，我們則看到賢治作品裡難得描繪的戀愛主題。這裡特別的是號誌燈先生與號誌燈小姐的對話：「吶，請告訴我。吶，請你告訴我吧。」此作品將號誌燈先生固執不斷詢問的場景與易怒的個性描寫得唯妙唯肖。事實上宮澤賢治與摯友保坂嘉內的書信往來中也可發現賢治的個性就跟號誌燈先生一樣，連環球般的質問語氣令人窺見宮澤賢治生性溫和的另一面。或許我們可以說，宮澤賢治這樣狂野的一面也只有在好朋友面前與其作品中才能夠任意流露。在〈拉大提琴的葛許〉裡，葛許（gauche）的名字乃法文「笨拙」、「不圓融」之意。這部彷彿在聆聽一場大提琴演奏會般的作品也讓人窺見賢治的音樂素養。賢治生前收集了許多唱片並熱中大提琴與風琴的演奏，作品裡到處充滿了音樂與歌劇的元素。而藉由許多小動物的幫忙使琴藝精進的葛許，在演奏會的最後所表演的安可曲選擇的是當初嚇跑花貓的《印度獵虎人》這個橋段，也是本篇的精髓所在。就如同〈號誌燈先生與號誌燈小姐〉裡感情澎湃的號誌燈先生一樣，賢治筆下不只有溫柔善良的人物，其個性偏執的登場人物也讓作品注入了豐富的生命力。

導讀者簡介

賴怡眞（LAI YICHEN）

九州大學特別研究員。專攻日本近現代文學、宮澤賢治等。東吳大學日本語文學系碩士畢業。九州大學大學院比較社會文化學府博士學位取得。博士論文《宮澤賢治文學的VERSION的生成》（九州大學，二〇一五年）。翻譯有《交會時互放的光亮——臺日交流文學特展圖錄》（國立台灣文學館，二〇一六年）

目次

貝之火

貝の火

在這個時節裡，兔子們都穿著一身茶色短衣。

原野上的青草閃閃發亮，周圍的樺樹開滿白色花朵。

原野遍地瀰漫著芬芳香氣。

小兔子赫莫伊興高采烈地蹦蹦跳跳，高興地說：

「唔嗯——好香哦！一定很好吃！鈴蘭看起來真是香脆可口！」

涼風陣陣吹拂，鈴蘭的花葉隨風相互碰撞，發出叮鈴叮鈴的聲響。

赫莫伊開心地跳呀跳的，一口氣奔出了草原。

接著赫莫伊稍稍停下腳步，雙手插在胸前，一臉雀躍地說：

「我看起來就是站在河面上表演特技一樣呢！」

原來赫莫伊在不知不覺間，來到了一條小河的岸邊。冰涼的河水嘩啦嘩啦地流動，河底的砂礫耀眼奪目。

赫莫伊歪著頭，自言自語地說：

「我跳到小河的對岸看看好了。反正這一點也難不倒我。只不過對岸的草似乎不怎麼美味的樣子。」

這個時候，從小河上游突然傳來一陣淒厲叫聲：

「噗嚕嚕嚕，嗶嗶嗶嗶！噗嚕嚕嚕，嗶嗶嗶嗶！」有一團毛茸茸，看起來像是隻鳥的淡黑色物體，正啪噠啪噠地在水中使勁掙扎，隨著河水流了過來。

赫莫伊見狀趕緊跑到岸邊，專注地在一旁等待著。

掉進水裡的是一隻瘦弱的小雲雀。赫莫伊不假思索地跳入水中，用前腳緊緊抓住了那隻小雲雀。

然而小雲雀似乎受到了驚嚇，張著黃嘴發出震耳欲聾的叫聲，幾乎要震破赫莫伊的耳朵。

赫莫伊連忙拼命地用後腳踢著水，然後一邊說「別擔心，別擔心」，一邊望向小雲雀的臉。但是這一望，卻嚇得赫莫伊差點鬆手。小雲雀的臉上佈滿皺紋，有著大大的鳥嘴，看起來跟蜥蜴竟有幾分神似。

不過這隻勇敢的小兔子仍然沒有放手。儘管赫莫伊嚇得連嘴巴都扭曲成「乀」字形，但他還是強忍著恐懼，把小雲雀托得高高地遠離水面。

於是他們兩人，就這樣被水流越沖越遠。雖然赫莫伊曾經兩度被水波淹沒，喝下不少口河水，但依舊沒有放開那隻小雲雀。

當小河流經彎道處時，恰好有一根小小的楊柳樹枝探了出來，正啪嚓啪嚓地在拍打著水面。

赫莫伊猛然抓住那根樹枝，用力到連青色的樹皮都露了出來。他卯足全力地將小雲雀扔到岸邊的柔軟草地上，自己也趁勢跳上岸來。

小雲雀倒臥在草地上，雙眼翻白，身體不停地顫抖。

雖然赫莫伊也累到站不穩腳步，但他還是咬緊牙根，跑去摘了楊柳樹的白花鋪在小雲雀身上。小雲雀抬起灰色的臉龐，彷彿像是在跟赫莫伊表達謝意。

赫莫伊一看到小雲雀的臉，立刻嚇得往後跳了好幾步，然後放聲慘叫地逃開了。

此時，有個像是飛箭的物體咻地一聲從天而降。赫莫伊停下腳步回頭一看，發現那正是雲雀媽媽。雲雀媽媽默默地顫抖著身體，將小雲雀緊緊抱在懷中。

赫莫伊心想這下應該已經沒事了，便一溜煙地跑回家裡。

兔媽媽正好在家整理一捆捆的白色草束，她一看到赫莫伊便嚇一跳地說：

「哎呀！發生什麼事了嗎？你的臉色看起來好糟啊！」兔媽媽一邊說，一邊從架子上拿出了藥箱。

「媽，剛才有隻毛茸茸的小鳥溺水，我就跳下去把他救了上來。」赫莫伊說。

兔媽媽從藥箱裡拿出一包萬能藥散，遞給了赫莫伊。

「你說毛茸茸的小鳥？是雲雀嗎？」兔媽媽問。

赫莫伊接過藥散後說：

「應該是吧。啊啊，我的頭好暈。媽，我覺得周圍的景色看起來好怪哦。」赫莫伊這麼說著，整個人直接應聲倒地。原來赫莫伊發起了高燒。

＊

赫莫伊在兔爸爸、兔媽媽，還有兔醫生的照料之下，終於在鈴蘭結出青色果實的時候康復了。

在某個晴朗無雲的寧靜夜晚，赫莫伊總算在大病初癒後首次踏出了家門。

紅色的星星頻頻斜劃過南方天空，讓赫莫伊忍不住看得好入迷。突然間，天上傳來一陣振翅的聲響，有兩隻鳥兒從空中飛了下來。

其中比較大隻的鳥兒，小心翼翼地將一個發著紅光的圓形物體放在草地上，然後恭敬地叩頭說道：

「赫莫伊大人，您是我們母子倆的大恩人。」

赫莫伊藉著那個紅色物體的光芒，仔細端詳著那張臉說：

「你們是那時候的雲雀嗎？」

雲雀媽媽說：

「是的。前陣子真是太感謝您了。謝謝您救了小犬一命。聽說您還因此染上了重病，不曉得您現在是否已經康復了呢？」

雲雀母子連連鞠躬道謝，然後又開口說：

「我們每天都在這附近來回盤旋，一直等待您的出現。這是我們國王要送您的禮物。」雲雀把剛才那個發著紅光的物體拿到赫莫伊面前，解開宛如煙霧般輕薄的包巾。裡面是一顆和日本七葉樹[1]果實差不多大的圓滾玉珠，玉珠中還熊熊燃燒著紅色火焰。

雲雀媽媽又說：

「這是一顆名叫貝之火的寶珠。國王說只要您好好保養它，這顆珠子就會變得越來越美麗。請您務必收下。」

赫莫伊笑了笑說：

「雲雀太太，我並不需要這個東西啊！請你帶回去吧。這個東西實在太美麗，我只要看一下就很滿足了。如果以後我還想再欣賞它，我再去找你們就好了。」

雲雀說：

「不，請您一定要收下。因為這是我們國王要送您的禮物，要是您不收下，我們母子倆就必須要向國王切腹謝罪了。來，兒子，差不多該走了。好了，快來鞠躬致意。那麼我們就先告辭了。」

於是雲雀母子向赫莫伊再三鞠躬之後，便急忙飛走了。

1日本七葉樹（Aesculus turbinata），無患子科，在日本主要分布於東日本地區，尤其在東北地區最為常見。

赫莫伊拿起玉珠瞧了瞧。玉珠看似在猛烈燃燒著紅色和黃色的火焰，卻又冰涼剔透，美麗無比。如果把玉珠貼近眼前，透過玉珠看向天空，不但看不見火焰，還能讓天河更顯得華麗透亮；將玉珠拿遠後，那美麗的火焰又會再度開始熊熊燃燒。

赫莫伊輕輕捧著玉珠走進屋內，然後馬上拿給父親看。兔爸爸把玉珠拿在手中，摘下眼鏡仔細觀察後說：

「這是名叫貝之火的有名寶貝，是顆不得了的玉珠啊！據說至今只有兩隻鳥兒和一隻魚，一輩子順利圓滿地讓貝之火保持原貌。你可要小心對待它，千萬別讓它的火光熄滅啊！」

赫莫伊說：

「別擔心，我不會讓火光熄滅的。雲雀也是這麼交待我。我會每天對玉珠呵氣一百遍，再用紅梅花雀的羽毛擦拭一百遍。」

兔媽媽也拿起玉珠仔細地來回端詳，然後說：

「這顆玉珠就是那麼脆弱。不過聽說已逝的老鷹大臣當時擁有它時，剛好遇到了火山爆發，在大臣四處奔波，忙著指示鳥兒們避難的時候，玉珠遭到無數石頭擊中，還被火紅的岩漿沖走，但最後依然沒有絲毫損傷或褪色，反而還變得更加美麗了！」

兔爸爸說：

「沒錯！這個故事相當有名呢！說不定你以後也會成為像老鷹大臣那樣的大人物。你平常一定要記得乖乖守規矩哦！」

赫莫伊突然覺得好累好想睡覺，於是倒頭躺在自己的床上說：

「放心啦！我一定會做得很好！把玉珠還給我吧，我要抱著它一起睡覺。」

兔媽媽把玉珠遞給赫莫伊，赫莫伊便把玉珠抱在懷中，一下子就進入了夢鄉。

這天晚上，赫莫伊做了個美麗的夢。他夢到空中燃燒著黃色和綠色的火焰，原野變成一片金黃色的草原，還有許多小風車宛如蜜蜂一般發出細細低鳴飛在半空中；正氣凜然的老鷹大臣環視著原野，他身上的銀色斗篷正隨風擺盪。赫莫伊看得開心極了，甚至忍不住高聲大喊了好幾遍：

「哇嗚！好厲害！好厲害喔！」

＊

隔天早上，赫莫伊在七點左右醒來。他起床後做的第一件事情，就是先看看那顆玉珠。玉珠似乎變得比昨晚還要更加美麗。赫莫伊猛盯著玉珠，自言自語地說道：

「我看到了，我看到了哦！那裡就是火山口吧？火噴出來了，火都噴出來了！真是太好玩了！簡直就像煙火一樣！哎呀、哎呀、哎呀！火咕嚕咕嚕地冒出來，現在還分成了兩邊。真是漂亮啊！好像火花，好像火花一樣！彷彿就像是閃電啊！哦，現在流出來了！全都變成金黃色的了。太棒了！真是太棒了！啊，又有火噴出來了！」

兔爸爸已經出門了。兔媽媽笑咪咪地端著美味的白色草根，還有薔薇的青色果實走過來說：

「好了，快去洗洗臉，今天你要稍微運動身體一下才行哦。讓媽媽也看一下玉珠吧。哎呀，真是太美麗了。媽媽可以在你洗臉的時候借來看看嗎？」

赫莫伊說：

「可以啊。現在這是我們家的寶物，當然也是屬於媽媽的囉！」接著赫莫伊站起身，從家門口的鈴蘭葉尖上接下六顆左右的大露珠，把臉好好洗乾淨。

赫莫伊吃完早餐後，朝著玉珠呵了一百遍氣息，用紅梅花雀的羽毛擦拭了一百遍。接著用紅梅花雀的胸毛小心翼翼地把玉珠包裹好，放進原本裝著望眼鏡的瑪瑙盒，拿去交給媽媽保管後便出門了。

微風將草上的露水紛紛吹落，風鈴草敲響了早上的晨鐘。

「噹、噹、噹噹鏗！噹鏗噹鏗噹！」

赫莫伊蹦蹦跳跳地來到了樺樹底下。

這個時候，有匹上了年紀的野馬朝他迎面而來。赫莫伊感到有些害怕，正打算轉身離去時，只見那匹馬兒向他深深一鞠躬後說道：

「您就是赫莫伊大人嗎？聽說現在貝之火在您手上，真是恭喜您了。那顆玉珠已經有一千兩百年不在我們野獸手上了。哎呀，其實我也是今天早上才得知此事，讓我激動到都哭了出來啊。」馬兒淚流滿面地哭了起來。

赫莫伊嚇得不知所措，但馬兒實在哭得太激烈，讓赫莫伊也忍不住跟著鼻酸了起來。馬兒拿出跟包巾差不多大的淺黃色手帕，擦了擦淚水說道：

「您是我們的大恩人。請您務必要好好保重身體。」馬兒彬彬有禮地鞠完躬，便往另一邊走掉了。

赫莫伊覺得既開心又疑惑，怔怔地一邊思考，一邊走到了接骨木[2]的樹蔭下。那裡有兩隻年輕的松鼠，正相親相愛地在吃著白色年糕。不過當他們一看到赫莫伊走過來，嚇得立刻站起來整理好衣服衣領，慌慌張張地把年糕吞了下去。

「松鼠先生，早安。」赫莫伊一如往常地向他們打招呼，但那兩隻松鼠卻是一副戰戰兢兢的模樣，一句話也說不出來。赫莫伊見狀，連忙開口說：

「松鼠先生，今天要不要一起去哪裡玩啊？」松鼠們一聽，露出難以置信的表情，睜著雙眼面面相覷後，便拔腿往另一個方向倉皇逃走。

赫莫伊驚訝得不知如何是好，然後一臉難過地回到了家。

「媽，大家好像都怪怪的耶。松鼠他們都不想跟我玩的樣子。」赫莫伊說。兔媽媽聽了，笑著答道：

「那是當然的啊！因為你已經是了不起的大人物，松鼠他們才會不好意思跟你一起玩。所以你要記得隨時謹言慎行，別讓大家看你的笑話哦！」

赫莫伊說：

2接骨木（Sambucus racemosa），五福花科接骨木屬，為落葉灌木或亞喬木植物，在日本分布於本州、四國，和九州地區。

「媽，這你就不用擔心了。那這麼說來，我已經是大家的老大了嗎？」

兔媽媽也一臉開心地說：

「算是吧。」

赫莫伊高興地手舞足蹈了起來。

「太棒了！太棒了！現在大家全都是我的手下了！我已經不需要再怕狐狸了！媽，我打算讓松鼠先生當少將！然後馬兒嘛……我讓馬兒當大佐好了！」

兔媽媽笑著說：

「可以啊。不過你要小心別太得意忘形了哦！」

「放心啦！媽，我稍微出去一下。」赫莫伊說完，便飛也似地跑到原野上。赫莫伊一來到原野，就看到愛惡作劇的狐狸像風一樣地跑過他的眼前。

赫莫伊全身發著抖，鼓起勇氣大聲叫道：

「狐狸，等一下！我現在可是老大了哦！」

狐狸訝異地回頭一望，立刻臉色一變地說：

「是的，小的知道。請問您有什麼吩咐嗎？」

赫莫伊竭盡所能地擺起架子開口說：

「以前我老是被你欺負得好悽慘，現在換你當我的手下了。」

狐狸一聽嚇得差點昏倒，趕緊把手高舉在頭上答道：

「是的！真是對不起！拜託您大發慈悲原諒我吧！」

赫莫伊開心得雀躍不已。

「那我這次就特別原諒你吧！我讓你擔任少尉，你要好好幹活哦！」

狐狸樂得在原地打轉了四圈。

「小的遵命。真是太感謝您了。我願意為您赴湯蹈火，在所不惜。我去幫您偷一點玉米來吧？」

赫莫伊說：

「不行，那是在做壞事。不准做這種事情。」

狐狸搔了搔頭說：

「小的遵命，以後我絕對不會再那樣做了。我隨時聽從您的差遣。」

赫莫伊說：

「好，等我有事情會再叫你的，你可以先走了。」狐狸轉了幾圈，向赫莫伊鞠躬致意後，就跑去其他地方了。

赫莫伊覺得開心極了。他在原野上來回地走來走去，自言自語地說說笑笑，在心裡想著各種好玩的事情。不知不覺地，太陽公公就像破碎的鏡子一樣，落入了樺樹的另一邊，赫莫伊也急急忙忙地趕回家裡。

兔爸爸已經先回到家，晚餐也準備了好多豐盛的菜色。這一晚，赫莫伊又做了一個美夢。

＊

隔天早上，赫莫伊聽從媽媽的吩咐，帶著竹簍來到了原野上。一邊收集著鈴蘭果實，一邊喃喃自語地說：

「哼，我身為老大，竟然還得要親自收集鈴蘭果實，這樣也未免太奇怪了吧！要是被其他人看到了，大家一定會取笑我。現在要是狐狸在的話就好了。」

赫莫伊話才剛說完，突然覺得腳邊有什麼東西在蠢蠢欲動。他定睛一看，這才發現有隻鼴鼠正在鑽著泥土，一步一步地往前邁進。赫莫伊大喊道：

「鼴鼠、鼴鼠、胖鼴鼠！你知道我已經是大人物了嗎？」

鼴鼠在土中答道：

「您是赫莫伊大人嗎？我當然知道啊！」

赫莫伊趾高氣昂地說：

「這樣啊，那麼正好。我任命你為軍曹，但你得要幫我做點事情才行。」

鼴鼠戰戰兢兢地問道：

「遵命，請問是什麼事呢？」

赫莫伊劈頭便說：

「幫我收集鈴蘭的果實過來！」

待在土裡的鼴鼠冷汗直流，搔了搔頭說：

「非常抱歉，我實在沒辦法在光線明亮的地方工作。」

赫莫伊氣急敗壞地怒吼道：

「是嗎？那就算了！我不拜託你了！你給我記住！真是氣死我了！」

「求求您原諒我。要是長時間待在大太陽底下，我的小命就不保了。」鼴鼠頻頻道歉。

赫莫伊用力剁著腳說：

「隨便啦！已經夠了！你給我閉嘴！」

此時，從對面的接骨木樹蔭下突然竄出了五隻松鼠。他們來到赫莫伊面前，低聲下氣地說道：

「赫莫伊大人，請讓我們來為您採鈴蘭果實吧！」

赫莫伊說：

「好啊。那你們快去幹活吧！你們所有人都是我的少將了！」

於是松鼠們都歡天喜地跑去工作了。

這個時候，有六匹小馬從另一頭跑到赫莫伊的面前停了下來。其中一匹最高大的小馬說：

「赫莫伊大人。請您也儘管吩咐我們吧。」赫莫伊便滿心歡喜地說：

「好啊，我任命你們所有人為大佐。只要我一開口，你們都得要隨傳隨到。」

小馬們聽了，也都樂得雀躍不已。

鼴鼠在土裡哭哭啼啼地說：

「赫莫伊大人，請您也指派一些我能效勞的工作吧。我一定會做得很好。」

還在氣頭上的赫莫伊跺了跺腳說：

「我才懶得理你！等狐狸來了以後，我就要你們這些鼴鼠好看！給我記住！」

於是土裡頓時變得靜悄悄的了。

松鼠們在天黑前收集了好多鈴蘭果實，一行人熱熱鬧鬧地把果實搬到了赫莫伊家裡。

兔媽媽聽到喧鬧聲後嚇了一跳，走出家門一探究竟。她說：

「哎呀，松鼠先生，有什麼事情嗎？」

赫莫伊在一旁插嘴說道：

「媽，你看我很厲害吧！現在我什麼事情都辦得到哦！」兔媽媽不發一語，默默地沉思了好一會兒。

這時兔爸爸正好從外面回到家裡，他凝視著眼前的這片光景說：

「赫莫伊，你是不是有點不太對勁啊？你好像還恐嚇了鼴鼠對吧？鼴鼠一家現在都哭得好悽慘呢！而且就算有這麼多果實，我們根本也吃不完啊！」

赫莫伊開始哭了起來。松鼠們原本還一臉同情地站在旁邊看了一陣子，但最後大家還是都悄悄地跑走了。

兔爸爸又繼續說道：

「你完蛋了。你去看看貝之火，現在它一定變得很黯淡了吧。」

這下子連兔媽媽也跟著哭了出來，一邊用圍裙輕輕地擦了擦淚，一邊從櫃子裡拿出那裝著美麗玉珠的瑪瑙盒。

兔爸爸接過盒子，打開盒蓋一看後嚇了一跳。

玉珠竟然比前天晚上還要更加火紅，火焰燃燒得更加猛烈。

全家人看著那顆玉珠，大家都不禁看得好著迷。兔爸爸默默地把玉珠交給赫莫伊，然後開始吃起晚餐。赫莫伊也在不知不覺間停下淚水，大家又和樂融融地聚在一起吃飯，吃完飯後便各自去休息了。

＊

隔天一大清早，赫莫伊又來到了原野。

今天也是晴朗的好天氣。不過少了果實的鈴蘭，已經無法像之前那樣敲打著葉片，發出叮鈴叮鈴的聲響了。

狐狸從遙遠又翠綠的原野邊境，一路狂奔到赫莫伊的面前說：

「赫莫伊大人，聽說昨天松鼠有來幫您收集了鈴蘭果實吧？那麼今天就讓我來為您找些更好吃的東西怎麼樣？我要找的東西是黃色的，還冒著煙呢！恕我失言，那可是赫莫伊大人從來沒見過的美食哦！還有，我聽說您昨天有說要懲罰鼴鼠對吧？鼴鼠本來就是老奸巨猾的傢伙，我來幫您把他趕到河裡好了！」

赫莫伊說：

「就放過鼴鼠吧。今天早上我已經原諒鼴鼠了。不過你說的那個美食，還是拿一點過來讓我嘗嘗看吧。」

「好的好的。那就先請您稍待十分鐘。十分鐘就好。」狐狸這麼說完，就像一陣風似地跑掉了。

赫莫伊站在原地高聲大喊：

「鼴鼠！鼴鼠！胖鼴鼠！我已經原諒你了！你可以不用再哭了！」

泥土底下一點動靜也沒有。

只見狐狸又朝著這裡奔了過來。

「來，您請用吧。這個東西叫做天堂的天婦羅。是最頂級的美食哦！」狐狸一邊說，一邊拿出他偷來的牛角麵包。

赫莫伊稍微嘗了一點，覺得這真是太好吃了。他問狐狸：

「這東西是從什麼樹上長出來的啊？」狐狸一聽，撇過臉哼笑了一聲後說：

「是一種叫做廚房的樹。名字就叫做『ㄔㄨˊ ㄈㄤˊ』。如果您覺得好吃的話，我每天都去拿來給您吧！」

赫莫伊說：

「那你每天一定都要帶三塊給我哦！說好囉！」

狐狸露出一副聽話老實的模樣，眨了眨眼睛說道：

「好的，我明白了。那麼相反地，您也不能阻止我抓雞哦！」

「好啊！」赫蒙伊說。

「那我再去拿兩塊過來，就是今天要給您的份。」狐狸說著，然後又像風一樣地跑走了。

赫莫伊想像著把這個美食帶回家，拿給爸爸媽媽時的情景：

「爸爸一定也不曉得有這麼好吃的東西吧？我真是個孝順的好孩子呢！」

狐狸叼來兩塊牛角麵包放到赫莫伊面前，然後匆匆忙忙地說了聲「再見」，便一溜煙地跑走了。

「真不曉得狐狸每天到底都在做些什麼？」赫莫伊喃喃自語地踏上歸途。

今天兔爸爸和兔媽媽兩個人，一起在家門口曬著鈴蘭果實。

「爸，我帶好東西回來了哦！這個給你。你先吃一點看看吧！」赫莫伊說著，拿出了牛角麵包。

兔爸爸接下牛角麵包，摘下眼鏡仔細觀察後說：

「這是狐狸給你的吧？這可是他偷來的啊！我才不吃這種東西！」兔爸爸突然一把搶走赫莫伊原本要給媽媽的另一塊牛角麵包，然後連同自己手上的那一塊一起丟到地上，用力踩成一團稀爛。

赫莫伊開始哇哇大哭，兔媽媽也跟著哭了起來。

兔爸爸來回踱步地說：

「赫莫伊，你完蛋了。你去看看玉珠。現在玉珠一定已經粉碎了。」

兔媽媽淚流滿面地拿出盒子一看，在陽光的照耀下，玉珠燃燒著豔麗的火焰，美得就像是要昇天一樣。

兔爸爸把玉珠遞給赫莫伊，一句話也沒有說。赫莫伊也直盯著玉珠，不知不覺地就忘了哭泣。

＊

隔天，赫莫伊又來到了原野上。

狐狸跑了過來，馬上就把三塊牛角麵包交給赫莫伊。赫莫伊急忙地跑回家，把麵包放到廚房的架子上後又回到了原野，看到狐狸還在原地等他。狐狸說：

「赫莫伊大人，要不要來做點好玩的事啊？」

「什麼事啊？」赫莫伊一問道，狐狸便說：

「您要不要去懲罰一下鼴鼠？那傢伙真的是這片原野的毒瘤啊！而且還很好吃懶做呢！但既然您已經說過要原諒他，那今天就由我來給那隻鼴鼠一點顏色瞧瞧，您只要站在一旁看著就好。這樣沒問題吧？」

「嗯。如果鼴鼠是毒瘤的話，稍微教訓一下應該也不為過。」赫莫伊說。

狐狸開始朝四周的地面嗅了又嗅，用腳踏了又踏，最後搬起了一塊大石頭。石頭底下出現鼴鼠一家八口，大家嚇得一聲也不敢吭，全身上下不停地在發抖。

「好啦！快出來跑步！要是敢不跑的話，小心我通通咬死你們！」狐狸這麼說著，用力地跺了跺腳。只見鼴鼠一家頻頻道歉：

「對不起！對不起！」鼴鼠雖然想要趁隙逃走，可是他們不但眼睛看不見，跑步也跑不快，只好不知所措地猛扒著草地。

其中一隻最年幼的鼴鼠已經嚇得四腳朝天，似乎昏了過去。狐狸露出咬牙切齒的模樣，赫莫伊也忍不住朝著鼴鼠噓了好幾聲，雙腳直跺著地面。就在這個時候——。

「喂！你們在做什麼？」有個聲音大喊道。狐狸嚇得在原地轉了四個圈，然後一溜煙地逃之夭夭。

定睛一看，原來是赫莫伊的爸爸來了。

兔爸爸連忙帶鼴鼠們回去洞裡，再用石頭蓋住洞口，恢復到原本的模樣後，便掐著赫莫伊的脖子，硬是把他拖回家裡。

兔媽媽走了出來，靠在兔爸爸身上哭得好難過。兔爸爸說：

「赫莫伊，你真的完蛋了！這次貝之火一定已經碎了！不然你拿出來看看！」

兔媽媽一邊擦著淚水，一邊把盒子拿了過來。兔爸爸打開盒蓋，往裡面一瞧。

結果這一瞧，兔爸爸嚇了一大跳。貝之火竟然變得比之前更加美麗動人。玉珠裡彷彿像是有紅色、綠色、藍色等各式各樣的火焰在彼此激戰，掀起地雷火光，烽火連綿，甚至還不時出現陣陣閃電，血光四竄；緊接著在晃眼之間，水藍色的火焰倏地佔據了整顆玉珠，這回看起來宛如有一片虞美人草、黃色鬱金香、玫瑰和梓木草[3]，正在玉珠中隨風搖曳一樣。

---

3 梓木草（*Lithospermum zollingeri*），紫草科紫草屬，多年生草本植物，會開出藍紫色的花朵。

兔爸爸默默地把玉珠遞給了赫莫伊。赫莫伊馬上就忘了淚水，開心地凝視著貝之火。

兔媽媽也總算是放下心，轉身準備午餐。

全家人坐了下來，開始吃著牛角麵包。

兔爸爸說道：

「赫莫伊，你要小心狐狸一點。」

赫莫伊說：

「爸，你放心啦。狐狸一點也沒什麼好怕的。因為我擁有貝之火啊。那顆玉珠根本就不會破裂或黯淡吧？」

兔媽媽說：

「就是說啊。真是顆厲害的寶石呢！」

赫莫伊得意洋洋地說：

「媽，我天生註定不會跟貝之火分開。無論我做了什麼事情，貝之火也絕對不會飛去其他地方。更何況我每天都會為它呵氣一百遍，天天都有做好保養呢！」

「如果真是這樣就好了。」兔爸爸說。

這天晚上，赫莫伊做了一個夢。他夢到自己單腳站在一座高聳的錐形山頂上。赫莫伊嚇到整個人哭著醒過來。

＊

隔天一早，赫莫伊又來到了原野。

今天的天氣陰鬱多雲，瀰漫著潮濕的霧氣。遍地草木陷入一片寂靜，就連櫸樹的葉子也沒有絲毫動靜。

原野上只剩下風鈴草的晨鐘聲響，一如往常地迴盪在天際。

「噹、噹、噹噹鏗、噹噹鏗。」最後那鏗的一聲，又從另一頭傳了回來。

只見狐狸穿著短褲，帶著三塊牛角麵包走了過來。

「狐狸，早安。」赫莫伊說。

狐狸露出詭異的笑容說道：

「哎呀，昨天嚇了我好大一跳。赫莫伊大人的父親還真是頑固啊！結果還好吧？他應該很快就消氣了吧？我們今天再去做點更好玩的事情吧！您討厭動物園嗎？」

「不會啊，我不討厭。」赫莫伊說。

狐狸從懷中拿出了一張小網子，接著說道：

「你看，只要把這個掛起來，不管是蜻蜓、蜜蜂，還是麻雀和松鴉，就連更大隻的傢伙也都抓得到哦！我們把這些動物通通聚集在一起，然後開一間動物園怎麼樣？」

赫莫伊想像了一下那動物園的情景，覺得有趣得不得了。於是他說：

「好啊！不過那張網子真有那麼厲害嗎？」

「當然厲害啊！您趕快先把麵包拿回去放好吧。等您回來的時候，說不定我已經抓到一百隻鳥兒了！」

赫莫伊匆匆忙忙地帶著牛角麵包回到家，把麵包放到廚房的架子上，然後又連忙趕回原野。

他回來一看，發現狐狸已經把網子架在霧中的樺樹上，張著大嘴在哈哈大笑。

「哈哈哈哈！您看看！我已經抓到四隻鳥兒了！」

狐狸指著不知道打哪來的大玻璃箱說。

玻璃箱裡面真的有四隻鳥，松鴉、樹鶯、紅梅花雀和金絲雀都在箱子裡揮動翅膀掙扎著。

不過當大家一看到赫莫伊的臉，便頓時放心安靜了下來。

樹鶯隔著玻璃說道：

「赫莫伊大人，求求您救救我們吧！我們全都被狐狸抓住了！他明天一定會把大家通通吃掉！拜託您幫幫我們，赫莫伊大人！」

赫莫伊一聽，馬上伸手想要打開箱子。

然而狐狸立刻皺起額頭上的黝黑皺紋，吊著眼睛怒吼道：

「赫莫伊，你給我小心一點！你敢再碰那個箱子試試看！小心我把你給吃掉！你這個臭小偷！」

狐狸的大嘴彷彿像是要裂開一樣。

赫莫伊害怕極了，頭也不回地就跑回家裡。今天兔媽媽也出門去了原野，家裡一個人也沒有。

赫莫伊被嚇得膽顫心驚，突然好想看看那顆貝之火，於是就自己取出盒子，打開了盒蓋。

貝之火仍然宛如火焰一般在熊熊燃燒。不過不曉得是不是赫莫伊的錯覺，他覺得玉珠上好像有個像針孔般細小的白色汙點。

赫莫伊實在在意得不得了，便像往常一樣對著玉珠呼呼地吹氣，再用紅梅花雀的胸毛輕輕擦拭。

然而，那個汙點卻是怎麼擦也擦不掉。這時候兔爸爸回到家裡，看到赫莫伊的神情十分怪異，便說道：

「赫莫伊，貝之火變得黯淡了嗎？你的臉色看起來好難看。到底是怎麼了？你拿過來我看看。」他拿起玉珠透著光看了一看，笑著說：

「沒什麼嘛，這馬上就能清乾淨的。你看那黃色的火焰，現在燃燒得比之前還要更猛烈呢！來，把紅梅花雀的羽毛給我。」於是兔爸爸開始埋頭擦拭起玉珠。只不過那個汙點不但擦不掉，好像還變得越來越大了。

兔媽媽回到家裡，默默地從兔爸爸手中拿起貝之火，透著光線看了看後嘆了一口氣，然後朝玉珠呼著氣息，動手擦了又擦。

全家人不發一語，只是無言地嘆著氣，不斷輪流猛擦著玉珠。

轉眼之間，已經到了傍晚時分。兔爸爸像是忽然注意到天色已晚似地起身說道：

「總之現在先來吃飯吧。今天把玉珠泡在油裡一個晚上看看好了。這也是目前最好的辦法了。」

兔媽媽驚訝地說：「糟糕，我忘記準備晚餐了！現在家裡什麼也沒有。我們就吃前天的鈴蘭果實，還有今天早上的牛角麵包吧。」

「嗯，就這麼辦。」兔爸爸說。赫莫伊嘆著氣，把玉珠放進盒裡，目不轉睛地盯著它看。

全家人就這樣靜靜地吃完了晚餐。

「好，現在把油拿出來倒進去吧。」兔爸爸一邊說，一邊從架子上拿下了榧樹果油[4]的瓶子。

赫莫伊接過瓶子，把油倒進裝著貝之火的盒子裡。完事後，大家便熄了燈，早早上床睡覺了。

*

到了半夜，赫莫伊醒了過來。

他戰戰兢兢地起身，悄悄地看了看枕頭旁的貝之火。泡在油裡的貝之火宛如魚

4 榧樹（Torreya nucifera），紫杉科榧樹屬，常綠針葉樹。榧樹果實除了食用之外，也可以榨成油，做為食用油或是燈油使用。

眼珠一般散放著銀色光芒，早已不見燃燒的赤紅火焰了。

赫莫伊放聲大哭了起來。

兔爸爸和兔媽媽嚇得驚醒過來，連忙點起燈火查看。貝之火已經變得像顆鉛球一樣了。赫莫伊一邊哭，一邊把狐狸網子的事情告訴了爸爸。

兔爸爸聽完，著急地換著衣服說：

「赫莫伊，你真是個大笨蛋！我自己也是太天真了。你是因為救了小雲雀的命，才會得到那顆玉珠的啊。結果你前天卻說自己是天生註定擁有它什麼的。來，我們趕快去原野那裡。說不定狐狸還在那裡架著網子。你這次一定要跟狐狸拚命。當然我也會去幫你的。」

赫莫伊哭哭啼啼地站了起來。兔媽媽也流著淚，跟在兩人身後追了上去。

外面瀰漫著潮濕的霧氣，天色差不多就快要亮了。

狐狸還待在樺樹底下掛著網子。當他一看見赫莫伊一家三口的身影，立刻歪著嘴巴哈哈大笑了起來。赫莫伊的爸爸大喊道：

「狐狸！你竟敢欺騙赫莫伊！來，我們來一決勝負吧！」

狐狸露出惡狠狠的表情說：

「哼！要我把你們這三隻兔子通通吃掉也是可以，但我一點也不想因此受傷，更何況我手邊還有更好吃的東西呢！」

狐狸說完，便帶著箱子準備拔腿就跑。

「給我等一下！」赫莫伊的爸爸壓住玻璃箱，讓狐狸沒辦法站穩腳步，最後只好丟下箱子逃之夭夭。

仔細一瞧，箱子裡關著上百隻鳥兒，大家全都哭成一團。像是麻雀、松鴉、樹鶯，還有巨大的貓頭鷹，連那對雲雀母子都在裡面。

赫莫伊的爸爸把箱子打了開來。

只見鳥兒們紛紛飛出來跪在地上，齊聲說道：

「真是太感謝您了！每次都受到各位的幫忙！」

赫莫伊的爸爸說：

「不用客氣，我們才要覺得慚愧。之前你們國王特地送來的玉珠，現在已經變得黯淡無光了。」

鳥兒們異口同聲地問：

「哎呀，發生什麼事情了？麻煩讓我們看一看吧。」

「來，這邊請。」赫莫伊的爸爸說著，帶著大家往家裡走去。鳥兒們接二連三地向前邁步，赫莫伊則是流著淚水，垂頭喪氣地跟在大家後面。貓頭鷹跨著大步慢條斯理地走在前面，還不時露出凶狠眼神回頭看向赫莫伊。

一行人就這樣走進了赫莫伊家裡。

家裡的地板、棚架，還有桌子上，每個角落都被鳥兒們擠得水洩不通。貓頭鷹的眼睛遙望著遠方，不停咳咳地清著喉嚨。

赫莫伊的爸爸把已經變成白色石頭的貝之火拿了出來。

「現在貝之火已經變成這副模樣了。各位就儘管笑我們吧。」當他才一說完，貝之火突然發出清脆聲響，喀滋一聲裂成兩半，隨即又伴著啪嚓啪嚓的激烈巨響，漸漸粉碎成宛如一陣煙霧。

站在門口的赫莫伊忽然大叫一聲，應聲倒地。原來貝之火的碎屑掉進他眼睛裡面了。大家嚇了一跳，正準備上前查看情況時，剛才那陣煙霧又在啪滋啪滋的聲響中慢慢凝聚，逐漸形成好幾塊碎片，最後喀噠一聲結合在一起，又變回當初那顆貝之火了。玉珠像是噴火似地在猛烈燃燒，就像夕陽一樣耀眼閃亮，然後咻地飛出窗外，失去了蹤影。

鳥兒們失去了興致，開始陸陸續續地離開，現在家裡只剩下貓頭鷹而已了。貓頭鷹張望著屋內，嘲弄地說：

「才過了六天而已，呵呵。才過了六天而已，呵呵。」

貓頭鷹晃著肩膀，大搖大擺地走了出去。

赫莫伊的眼睛就像先前的玉珠一樣，變得又白又混濁，什麼東西也看不到了。

兔媽媽從頭到尾都不斷地在流淚哭泣。兔爸爸雙手插在胸前沉思了一會兒，最後輕輕拍著赫莫伊的背說：

「別哭了。不管在哪裡都有可能會遇到這種事情。現在你能夠得到教訓，已經是最好的結果了。爸爸會幫你想辦法，你的眼睛一定會好起來的。來，別再哭了。」

窗外的霧氣散去，鈴蘭的葉子閃閃發光，風鈴草敲響起晨鐘。

「噹、噹、噹噹鏗、噹噹鏗。」響亮的鐘聲迴盪在天際。

夜鷹之星 よだかの星

夜鷹是一種長得相當醜陋的鳥。

臉上彷彿沾滿了味噌，到處都是斑點；那張又扁又平的嘴巴，宛如一條裂到耳邊的裂縫。

他走起路來步履蹣跚，就連短短一間[1]距離也走不好。

其他鳥兒光是看到夜鷹的臉，就渾身難受。

像雲雀雖然也不是多麼美麗的鳥，但他覺得自己的長相比夜鷹還要順眼多了。所以每當雲雀在傍晚時分或其他時候遇到夜鷹時，總會露出一臉嫌棄的表情，然後

1間，日本古代所用的長度單位，一間約為現在的一點八公尺。

不屑地閉上眼睛，把頭撇到另一邊去。而其他身材嬌小又長舌的鳥兒，甚至還會故意當著夜鷹的面說他壞話。

「哼，他又來丟人現眼了！你們看他那副德性，真是丟我們鳥類的臉啊！」

「就是說啊。看看他那張大嘴，他一定和青蛙有什麼親戚關係吧！」

這就是平常大家對夜鷹的態度。唉啊，如果換作是一般的老鷹，這些乳臭未乾的鳥兒光是聽到名字，一定會立刻嚇得全身發抖，臉色大變地縮成一團，驚恐得躲在樹葉底下。然而，夜鷹非但不是老鷹的兄弟，彼此也沒有任何親屬關係；反而是美麗的翠鳥，還有鳥中寶石之稱的蜂鳥，都必須要稱呼夜鷹為大哥。蜂鳥以花蜜為食，翠鳥吃魚維生，夜鷹則是捕捉飛蟲來過活。由於夜鷹不具有尖銳的利爪，也沒有鋒利的鳥嘴，所以不管是多麼嬌弱的鳥兒，大家也完全不怕他。

這樣說起來，夜鷹的名字裡會有個「鷹」字，實在是件很不可思議的事。其實這是因為夜鷹的翅膀特別強韌，他迎風飛翔的模樣宛如老鷹一般英勇；另一個原因，就是夜鷹尖銳高亢的叫聲，聽起來與老鷹的聲音十分相似。而老鷹本人當然也很介意這件事，甚至還覺得很不高興。所以每當老鷹看到夜鷹時，總會不斷恐嚇夜鷹：「快把名字改掉！快把名字改掉！」

某天傍晚，老鷹終於直接上門找夜鷹理論了。

「喂！你在家嗎？你怎麼還不改名字啊？你也太不知羞恥了吧！你跟我的格調可說是天差地遠啊！我可以在萬里晴空下恣意翱翔，你這傢伙卻只能在昏暗的陰天，或是等到夜晚才能出來。你看看我的嘴巴和利爪，再拿鏡子照照自己吧！我們的差別一目了然！」

「老鷹先生，你這樣太強人所難了。我的名字也不是我自己隨便取的，是天神大人賜予給我的。」

「你錯了。要說我的名字是天神賜予的那還說得過去，但你只是向我和夜晚各借一個字來用而已。來，快點還來吧。」

「老鷹先生，這件事我辦不到。」

「你辦得到。我來幫你取個好名字好了。你就叫市藏吧。你以後就叫做市藏。是個好名字吧？既然改了名字，就得讓這個新名字公諸於世才行。聽好了，你要在脖子掛上寫著『市藏』的名牌，然後挨家挨戶地去拜訪致意，跟大家報告你以後的新名字叫做市藏。」

「這種事情我做不到。」

「不，你做得到。就這麼決定了。如果你在後天早上以前沒有如實照辦，我馬上就親手殺了你。你給我好好記住，不做就是死路一條。後天一大早，我會一家家地去拜訪鳥兒們，問大家你有沒有上門來通知。只要有一戶人家你沒有通知到，你就死定了。」

「這樣實在是太為難我了吧。如果你真的要我這麼做，我倒不如乾脆現在死了算了。請你現在殺了我吧。」

「唉呀，你再慢慢考慮一下吧。市藏這名字聽起來也很不錯啊。」老鷹張開碩大的翅膀，往自己的鳥巢飛走了。

夜鷹閉上眼睛，默默地心想：

（為什麼我會這麼惹人厭呢？大概是因為我的臉就像塗滿味噌般的醜陋，嘴巴也大到像裂開來一樣吧。就算如此，我從來沒有做過什麼壞事啊。像綠繡眼寶寶從巢裡掉下來的時候，我還幫忙帶他回家。只不過綠繡眼一家卻把我當成小偷，不分青紅皂白地就從我手中搶走寶寶，還狠狠地嘲笑了我一番。而這次老鷹竟然要我改名成市藏，又要我在脖子掛上名牌，實在是太過份了。）

周圍的天色已經逐漸黯淡，夜鷹便起身飛出鳥巢。低垂在空中的雲層，正別有用心地泛著光芒。夜鷹宛如擦身而過般地貼近雲層，一聲不響地飛過天空。

只見夜鷹突然張開大嘴，筆直地展開翅膀，就像一支飛箭似地橫越天空。好幾隻小飛蟲就這樣接二連三地進了夜鷹喉嚨裡。

當夜鷹的身體幾乎要接觸到地面時，他又輕盈地轉身往高空飛去。這時候的雲層已變成了灰色，對面的山頭則是被森林大火燒得通紅。

在夜鷹一鼓作氣振翅高飛的時候，天空彷彿像是要被他切成兩半一樣。有隻獨角仙落入了夜鷹的喉嚨裡，不停地奮力掙扎。雖然夜鷹一下子就把獨角仙吞進肚裡，他卻莫名地覺得背脊一陣寒意。

雲層已是一片漆黑，只剩東方天空還映照著火燒山的赤紅，讓人看得毛骨悚然。夜鷹感到胸口一緊，隨即再度飛向天空。

又有一隻獨角仙掉進夜鷹的喉嚨裡了。那隻獨角仙振翅掙扎，彷彿不停地搔著夜鷹的喉嚨一樣。夜鷹雖然硬是把獨角仙吞了下去，但他卻突然覺得心頭一震，開始放聲大哭了起來。夜鷹一邊哭，一邊一圈又一圈地繞著天空打轉。

（啊啊，我每天晚上都在殘殺著獨角仙還有眾多飛蟲，而這次就換老鷹要帶走我這唯一一條命了。原來死亡是如此讓人感到痛苦。啊啊，好痛苦，實在太痛苦了。我再也不要吃蟲子，就直接這樣餓死吧。不對，在我餓死以前，我應該會先被老鷹給殺了吧。不行，在我死之前，我就先飛到遙遠的的天邊去吧。）

森林大火的火焰宛如水流，逐漸地向四處擴散開來，就連雲層也火紅得像是燒起來了一樣。

夜鷹筆直地飛向了翠鳥弟弟的所在之處。而美麗的翠鳥，也正好起身在眺望遠方的森林大火。翠鳥看著飛來的夜鷹問道：

「哥哥，晚安。你有什麼急事嗎？」

「不是的。因為我現在馬上要前往很遙的地方，所以在臨走之前，想跟你見上一面。」

「哥哥，你不能走啊！蜂鳥現在住得那麼遠，要是連你也離開了，那我不就會變得孤苦伶仃了嗎？」

「這也是沒辦法的事啊。今天你就別再多說了。還有，以後如果你肚子不餓，就別再因為好玩而胡亂抓魚了。知道了嗎？那麼再見了。」

「哥哥，發生什麼事了？你再多待一會兒吧！」

「不行，不管我再待多久都是一樣。到時候再麻煩你幫我跟蜂鳥打聲招呼了。

再會了。我們要就此永別了。再見。」

夜鷹哭哭啼啼地回到了自己的家。短暫的夏夜已經漸入尾聲了。羊齒草的葉子吸收著清晨的霧水，隨風搖曳著青翠沁涼的身軀。夜鷹發出嘰嘰嘶嘰嘶的高亢鳴叫，把巢窩整理乾淨，將身上的羽毛梳理得漂漂亮亮，然後又飛出了鳥巢。

霧氣散去，太陽正好從東方天空升起。夜鷹強忍著令人頭暈目眩的刺眼光線，像一支飛箭似地朝向太陽飛去。

「太陽呀，太陽。請帶領我到你的身邊吧！就算會被燒死我也甘願。就算是我這身醜陋的軀體，在燃燒時應該也會綻放出微弱火光吧！求求你帶我走吧！」

然而無論夜鷹怎麼努力飛翔，還是靠近不了太陽，太陽的身影反而變得越來越小，越來越遠。太陽開口說：

「你是夜鷹吧！原來如此，你一定過得很痛苦吧！到了晚上，你飛去找星星商量看看。畢竟你不是屬於白天的鳥呀！」

當夜鷹正想向太陽鞠躬致意的時候，他突然覺得一陣頭昏眼花，然後就這樣墜落到原野的草地上。夜鷹彷彿做了一場夢。在夢中，他的身體好像來回穿梭在紅星和黃星之間，一下子像被風吹到遠處，一下子又像被老鷹給抓住。

突然間有個冰涼的物體落到夜鷹臉上，夜鷹不由得睜開了眼睛。原來那是從一片芒草嫩葉上滴落下來的露珠。現在已經完全入夜，夜空一片黑藍，滿天的星星正一閃一閃地眨著眼睛。夜鷹飛上天空，那片燒山大火今晚仍然燒得通紅。夜鷹反覆盤旋在山頭的微微火光，還有冷冽的星光之間。之後他又飛繞了一圈，接著下定好決心，筆直地朝西方天空那美麗的獵戶之星飛去。他一面飛一面喊道：

「星星啊！西方的青白之星啊！請帶領我到你的身邊吧！就算會被火光燒盡我也在所不惜。」

獵戶座繼續歌唱著英勇的歌曲，完全不把夜鷹當成一回事。夜鷹難過得差點就要哭了出來，搖搖晃晃地往下墜落。他好不容易重新穩住腳步，再度盤旋於空中，朝向南方大犬座的方向直直地飛去，並大喊道：

「星星啊！南方的蒼藍之星啊！請帶領我到你的身邊吧！就算會被火光燒盡我也在所不惜。」

大犬座一邊忙著閃爍時藍時紫，時而又是黃色的璀璨光芒，一邊對夜鷹說：

「不要胡說八道了！你到底算哪根蔥啊？不過就只是隻小鳥，等你揮著翅膀飛到這裡來的時候，已經是幾億年、幾兆年、幾億兆年後的事了！」大犬座說完，又把頭轉到另一邊去。

夜鷹一聽失望極了，開始飛得搖搖欲墜。過了一會兒，他再度在空中盤旋了兩圈，然後又鼓起勇氣朝著北方的大熊星一股腦地飛去，然後高聲喊道：

「北方的青色之星啊！請帶領我到你的身邊吧！」

大熊星淡淡地說：

「你別再胡思亂想了。你先回去冷靜一下再來吧。像這種時候，我建議你可以飛進漂浮著冰山的海水。如果附近沒有海，那就飛進裝了冰塊的水杯裡吧。」

夜鷹覺得好沮喪，東倒西歪地墜落在地，接著再度在空中飛繞了四圈後，又朝著正從東方升起，位於天河對岸的天鷹之星大喊：

「東方的亮白之星啊！請帶領我到你的身邊吧！就算會被火光燒盡我也在所不惜。」

天鷹座傲慢地說：

「不行，這樣根本不像話！要成為星星，必須要具備相襯的身分才行！而且還得要花上一大筆錢啊！」

夜鷹已經氣力殆盡，收起翅膀，逐漸往下墜落。就在夜鷹離地只剩一尺距離，瘦弱的雙腳就快接觸到地面時，頓時又像烽火一樣竄上了天際。當夜鷹飛到天空深處的時候，他突然開始顫抖身體，豎起羽毛，彷彿像是準備要襲擊大熊的老鷹一樣。

夜鷹發出嘰嘶嘰嘶的淒厲叫喊，聽起來簡直就跟老鷹的叫聲一模一樣。在原野森林中沉睡的鳥兒們紛紛睜開眼，全身打著哆嗦，驚訝地抬頭望向星空。

夜鷹往夜空直衝而上，飛往無邊無盡的天際。燃燒在山頭的火光，已經遙遠地像菸蒂一樣渺小。只見夜鷹仍是不斷地不斷地往天空攀升而去。

在寒冷的氣溫下，夜鷹的氣息在胸口結凍成白色的冰霜。由於空氣逐漸稀薄，夜鷹必須要不停揮動翅膀來飛行。

即便如此，星星們的大小卻還是一點變化也沒有。夜鷹的呼吸急促得像是在用風箱打著空氣，冷冽的寒風和霜氣宛如利劍一般穿刺著夜鷹的身體。夜鷹的翅膀已經麻痺到失去知覺了。他抬起含著淚水的眼睛，再度看了天空一眼。是的，夜鷹的故事就到此結束了。沒有人曉得夜鷹後來是墜落到地面，還是繼續往天空竄升？是頭下腳上地倒栽蔥，還是往上攀升而去？但我們多少還是可以知道夜鷹的心情十分安詳，雖然他那張流著血的大嘴變得扭曲變形，但嘴角的確露出了些許微笑。

過了一段時間後，夜鷹清醒地睜開了雙眼。他看到自己的身體正在靜靜燃燒，散放出宛如燐火般美麗的青藍光芒。

夜鷹的身旁緊鄰著仙后座，天河的銀白光芒就在他身後熠熠閃耀。

於是夜鷹之星就這樣持續燃燒，永永遠遠地燃燒。

直到現在也是。

拉大提琴的葛許

セロ弾きのゴーシュ

葛許在鎮上的戲院專門負責拉大提琴，但是大家對他的琴藝評價不是很好。其實葛許不只拉得不好，他還是樂團中技巧最差的樂手，所以團長老愛欺負他。

某天午後，大家在後台休息室圍成一圈，練習著這次要在鎮上音樂會裡表演的《第六交響曲》。

小號全力以赴地在歌唱。

兩把小提琴也拉起宛如清風的宜人音色。

單簧管也發出啵啵的樂音在一旁幫忙。

葛許也緊閉雙唇，眼睛瞪得像圓盤一般大似地盯著樂譜，一心一意地拉著大提琴。

突然間，團長啪地一聲拍了拍手，大家立刻停下演奏。團長怒吼道：

「大提琴慢了！咚噠噠、噠噠噠，從這裡再來一遍。預備、開始！」

於是大家便從稍微前面一點的部分開始重新演奏。葛許拉得面紅耳赤，滿頭大汗，好不容易順利拉過剛剛被罵的段落。但是當他才剛放下心來，繼續接著演奏時，團長又忽然拍起了手。

「大提琴！你走音了！真傷腦筋啊，我可沒有閒工夫重新教你Do、Re、Mi、Fa啊！」

其他團員面露同情的神色，紛紛刻意埋頭盯著自己的樂譜，或是撥弄著手邊的樂器，而葛許則是趕緊調了調琴弦。其實葛許除了琴藝不好之外，他的大提琴品質也相當糟糕。

「從剛才的前一小節再來一次。預備、開始！」

大家又開始繼續練習了。葛許也撇著嘴，卯足全力地在拉琴。這一次的演奏就相當順利。正當大家以為一帆風順的時候，只見團長擺出像是在恐嚇人的手勢，然後又拍了拍手。葛許嚇了一大跳，以為自己又有差錯，不過幸好這次是別人出問題。葛許故意把眼睛湊到自己的樂譜前，裝出一副若有所思的模樣，就像剛才自己出錯時大家做的反應一樣。

「那麼就從剛才的地方接下去。預備、開始！」

葛許才剛一鼓作氣地拉起大提琴，團長又突然用力跺著腳大聲怒吼：

「不行！聽起來一點勁也沒有！這個部分可是曲子的心臟啊！你們竟然演奏得那麼粗糙！各位，距離演出只剩下十天了。身為專業的演奏家，要是輸給那些由打馬蹄鐵的，還有賣糖果點心的小鬼們湊起來的烏合之眾，我們的面子要往哪裡擺啊？喂！葛許！我真不知道該拿你怎麼辦才好。你的演奏一點感情也沒有，完全聽不出任何憤怒或是歡樂的情緒，而且老是和其他樂器格格不入。每次都只有你像是沒綁好鞋帶一樣，總是拖著腳步跟在大家後面。真是傷腦筋，拜託你振作一點吧！要是遠近馳名的金星音樂團因為你一個人壞了名聲，就太對不起其他團員了。那麼今天就練習到這裡，大家回家好好休息，然後明天六點整給我準時在院廳集合！」

大家向團長行完禮後，有人擦著火柴準備點燃嘴裡的菸，有人則是離開了戲院。葛許抱著那把長得像破箱子的大提琴，轉身面向牆壁，撇著嘴不斷掉下眼淚。儘管如此，他還是又馬上打起精神，獨自一人拉著大提琴，重新從剛才演奏過的地方開始默默練習。

這天深夜，葛許背著巨大的黑色包袱回到了家。說到葛許的家，其實只是位在城郊的河岸旁，一間破爛不堪的水車小屋。葛許獨自一人住在這裡，平常早上會在小屋附近的一塊小農地修剪番茄枝葉，或是挑揀高麗菜上的蟲子，然後到了午後就會出門。葛許走進家門，點亮燈火，打開了剛才背的黑色包袱。裡面什麼也不是，就是他傍晚拉的那把粗糙不平的大提琴。葛許把大提琴輕輕擱在地板上，然後拿起架子上的杯子，咕嚕咕嚕地喝著水桶裡的水。

接著他甩一甩頭坐上椅子，以猛虎般的氣勢拉起白天練習的曲子。他翻動著樂譜，一下思考一下拉琴，一下拉琴一下思考，使出渾身解數演奏到結束後，又重頭開始拉了一遍又一遍，不斷地反覆練習。

夜晚轉眼間就過去了，葛許已經累到分不清自己是不是還在拉琴。他紅著一張臉，眼睛佈滿血絲，面容看起來憔悴無力，彷彿隨時會不支倒地。

就在這個時候，葛許聽到身後傳來了叩叩的敲門聲。

「是霍許嗎？」葛許像是睡昏頭似地大喊道。然而推開門走進來的身影，卻是一隻他曾經見過五、六次的大花貓。

花貓從葛許的田裡，摘來一堆沉甸甸的半熟番茄，吃力地搬到葛許面前說：

「啊啊，真是累死我了，搬東西還真是件苦差事啊！」

「你說什麼？」葛許問。

「這是我帶來的伴手禮，請嘗嘗吧。」花貓說。

葛許把白天累積的怨氣一口氣爆發了出來，他怒吼道：

「誰叫你摘番茄來的啊！我怎麼可能會吃你們這些傢伙帶來的東西啊！更何況這些番茄本來就是我家田裡的東西！搞什麼啊，你竟然把這些還沒紅的番茄都拔了下來！以前那些被咬爛踢壞的番茄莖，全都是你搞的鬼吧！你這隻臭貓！快給我滾！」

花貓緊張得聳肩又瞇眼，但嘴上還是掛著笑意，笑嘻嘻地說：

「大師，您不要那麼生氣嘛，這樣對身體不好啊。比起這個，您演奏一下舒曼的《幻想曲》吧。我會幫您聽聽的。」

「區區一隻臭貓，少說這種自以為是的話了。」

大提琴手氣得大發雷霆，心想著這隻貓到底打算做什麼，納悶了好一會兒。

「哎呀，您別客氣了。您請拉吧。要是沒聽到大師的音樂我就會睡不著覺。」

「囂張！囂張！你太囂張了！」

葛許氣得面紅耳赤，就像白天的團長一樣跺著腳大聲怒吼，可是卻又在轉眼之間改變心意，開口說道：

「那我要拉了哦！」

葛許好像在打著什麼算盤似地，他先是鎖上門，關上所有窗戶，然後拿出大提琴，熄滅了燈火。外頭那已至下旬的弦月月光，就在此時照進了半邊房間。

「你想要我拉什麼曲子？」

「《幻想曲》，就是浪漫派舒曼作的曲子。」花貓擦了擦嘴說。

「這樣啊，那首《幻想曲》是這樣子嗎？」

大提琴手像是想到什麼似地撕開手帕，塞住自己的耳朵，接著便以宛如狂風暴雨的氣勢拉起了《印度獵虎人》這首曲子。

花貓歪著頭聽了一陣子後，猛然地眨了眨眼睛，拔腿就往大門衝去。牠的身體咚地一聲用力撞上了門，可是門卻是文風不動。花貓彷彿發現自己犯下了這輩子最大的失誤，驚慌失措到眼睛和額頭都冒出陣陣火花，接著連嘴邊的鬍鬚和鼻子也跟著竄出火光，害花貓覺得臉上好癢，有好一會兒都在擺著要打噴嚏的表情。接下來牠又繼續開始到處橫衝直撞，看起來難受得不得了。葛許越來越覺得好玩，演奏得又更是起勁了。

「大師，我受不了了。我真的受夠了。求求您饒我一命吧。我以後不會再對大師頤指氣使了。」

「閉嘴！我現在正要拉到抓老虎那一段。」

花貓痛苦得翻來跳去，甚至把身體緊緊貼在牆上。牠在牆壁上留下的痕跡，還發出了好一陣子的藍色亮光。到了最後，花貓簡直就像風車一樣，不停地繞著葛許翻滾打轉。

就連葛許也被牠繞得有點頭暈目眩。

「那我就這樣饒過你吧。」他這麼說著，總算是停下了演奏。

這時候花貓突然擺出一副什麼也沒發生的樣子說：

「大師，今晚的演奏聽起來很有問題啊。」

大提琴手再度被惹得火冒三丈，但他還是若無其事地捲了根煙草叼在嘴裡，然後拿起一根火柴說：「感覺怎麼樣？身體有沒有覺得不舒服？把舌頭伸出來給我看看。」

花貓就像在嘲弄人似地，伸出了又尖又長的舌頭。

「唉啊，看起來好像有點上火啊。」大提琴手邊說邊拿著火柴，出其不意地往貓舌頭上一劃，點燃了自己的煙草。不曉得花貓是不是因為太過錯愕，只見牠把舌頭甩得像是轉動的風車一樣，然後跑向大門口一頭撞了上去，再搖搖晃晃地退回原地後又猛力地撞上去，接著再度東倒西歪地回到原地後又撞了過去。踉蹌得像是要撞出一條血路一樣。

葛許好笑地看著花貓好一會兒後說：

「我放你出去吧！你不要再來了。笨貓。」

大提琴手打開門，看著花貓像陣風一般飛也似地跑進芒草叢，淡淡地笑了笑，接著便像如釋重負似地沉沉睡去了。

隔天晚上，葛許又背著黑色的大提琴包袱回家了。他咕嚕咕嚕地喝完水後，繼續跟昨晚一樣開始埋頭拉起大提琴。時間轉眼之間就過了十二點，過了一點，過了兩點，但葛許還沒有要停下來的意思。就在葛許已經搞不清楚現在到底是幾點，也不曉得自己還有沒有在拉琴的時候，他聽到有人在屋頂裡叩叩地敲了幾下。

「臭貓，你還沒得到教訓嗎？」

當葛許這麼大喊完，從天花板的破洞突然傳來砰咚聲響，有一隻灰色的鳥飛了下來。等鳥兒停在地板上後，葛許這才發現那是一隻布穀鳥。

「怎麼連鳥也過來了啊？你有什麼事嗎？」葛許說。

「我想跟老師學音樂。」

布穀鳥鎮靜地說。

葛許笑道：

「學什麼音樂啊？你們唱歌都只是在叫著『布穀、布穀』而已吧？」

布穀鳥一聽，臉色突然變得很嚴肅。

「是啊，您說的沒有錯。但那可不是件容易的事。」牠說。

「哪裡不容易啊？你們一群布穀鳥啼叫起來，就只是聽起來很吵罷了，根本不是什麼了不起的叫聲啊！」

「這樣說就太過分了。比方說這種聲音的『布穀』，跟這樣叫的『布穀』，聽起來就完全不一樣吧？」

「我聽起來沒什麼兩樣啊。」

「那就是您不懂了。我們布穀鳥叫出一萬聲的『布穀』，就會有一萬種不同的聲音。」

「少胡扯了。既然你那麼厲害的話，那就不必來我這裡了吧？」

「但是我想要唱出正確的Do、Re、Mi、Fa。」

「你們還需要什麼Do、Re、Mi、Fa啊？」

「需要啊，我一定要在出國前學會才行。」

「你還要出什麼國啊？」

「老師，麻煩您教我唱出正確的Do、Re、Mi、Fa。我會跟在您後面唱的。」

「真囉嗦啊。那我就只拉三遍給你聽，你學完之後就快給我滾回家去。」

葛許拿起大提琴，調整好悠悠的琴絃聲後，便開始拉起了Do、Re、Mi、Fa。

布穀鳥聽了，連忙拍了拍翅膀說道：

「不對、不對，不是這種聲音。」

「真煩人啊，不然你自己唱給我聽聽啊。」

「應該是這樣才對。」布穀鳥向前彎著身體，準備了一會兒後，便叫了一聲「布穀」。

「搞什麼啊？哪有什麼Do、Re、Mi、Fa啊？對你們布穀鳥來說，Do、Re、Mi、Fa跟《第六號交響曲》根本沒有分別吧！」

「您錯了。」

「我哪裡錯了?」

「要不斷持續著這段布穀聲,才是最困難的地方。」

「你是說像這樣子吧?」大提琴手又拿起大提琴,開始不停拉著「布穀、布穀」的音調。

布穀鳥聽了十分開心,也從中間開始跟著一起叫著「布穀、布穀」。布穀鳥使出渾身解數,拼命彎著身體不停地啼叫。

葛許已經拉琴拉到手都開始痛了起來。

「好了啦,你差不多該鬧夠了吧。」葛許說著,停下了演奏。此時布穀鳥露出遺憾的眼神,又繼續啼叫了一陣子,等聲音都變成「……布穀、布穀、布布布布」之後,才總算善罷甘休。

葛許火冒三丈地說:

「好了,臭鳥,你沒事的話就快點給我回去!」

「拜託您再演奏一次。雖然您拉得很好,但是跟我要的感覺還是有點不同。」

「你說什麼?現在又不是你在教我音樂!你到底要不要滾?」

「求求您再拉一次就好。拜託了。」布穀鳥向葛許連連低了好幾次頭。

「那這是最後一次了哦。」

葛許舉起琴弓，布穀鳥則是發出「咕」地一聲，深呼吸了一口氣。

「那就麻煩您盡量拉久一點了。」牠這麼說著，又向葛許行了一個禮。

「你還真是煩人啊。」葛許苦笑道，然後開始拉起琴來。這時布穀鳥又一臉認真地彎著身體，拼命高唱著「布穀、布穀、布穀」。雖然葛許一開始還在生悶氣，但是當他繼續拉著琴的時候，他忽然發現布穀鳥唱Do、Re、Mi、Fa的音準十分精準，而且越拉越覺得布穀鳥的歌聲，甚至比他的琴聲還要更到位。

「不行，要是再做這種蠢事下去，那我豈不是要變成鳥了嗎？」於是葛許突然停下了大提琴的樂音。

這時布穀鳥彷彿被重重地敲了一下頭，身體看起來搖晃不定，又像剛才一樣叫著「布穀、布穀、布布布布」，然後才安靜下來。牠一臉埋怨地看著葛許說：

「為什麼要停下來？不管是多麼沒有出息的布穀鳥，我們一定都會啼叫到啼血為止啊！」

「你在囂張什麼啊！誰有辦法繼續忍受這種蠢事！你快點給我滾出去！你看，

現在天都快要亮了啊！」葛許指著窗外說。

東方天空呈現一片朦朧的銀色，漆黑的雲朵正快速地在往北方前進。

「那就麻煩您拉到太陽升起來為止吧。再來一次。只要再一下下就好。」

布穀鳥又向葛許低下了頭。

「閉嘴！你這隻臭鳥少得寸進尺了！你要是再不滾出去，我就要把你當成早餐給吃了！」葛許往地上重重地跺了跺腳。

布穀鳥一聽，就像是被嚇到了一樣，冷不防地朝著窗戶飛了過去，然後狠狠地一頭撞上玻璃，啪答一聲掉了下來。

「搞什麼啊，竟然笨到自己跑去撞玻璃。」葛許急急忙忙地站起來，打算幫布穀鳥打開窗戶，但偏偏這扇窗子平常就不太容易打得開。就在葛許嘎答嘎答地不停搖著窗框時，布穀鳥又啪地一聲撞上玻璃，跌落在地板上。葛許定睛一看，發現布穀鳥的嘴角還流出了一點鮮血。

「你等一下，我現在就幫你開窗戶啦。」當葛許總算把窗戶打開了大約兩寸左右的空間時，布穀鳥又爬了起來，像是決定好這次一定要成功似地緊盯著窗外的東方天空，然後使出渾身解數，啪地乘著風飛了起來。這次撞上玻璃的力道當然比之前還要更嚴重，只見布穀鳥墜落到地面，有好一會兒都動彈不得。正當葛許打算伸手把布穀鳥抓起來直接放到門外時，布穀鳥卻突然睜開眼，飛離葛許的身邊，看起來好像又在企圖朝玻璃那裡飛去的樣子。於是葛許不假思索地抬起腳，用力踢破了窗戶。隨著一聲巨響，窗戶玻璃一下子就碎裂成兩、三片，連著窗框一起掉落到外頭。於是布穀鳥便像一支飛箭，從空洞的窗口飛了出去，就好像能飛到天涯海角似地，頭也不回地直直往前飛，最後消失無蹤。葛許茫然地看著窗外好一陣子後，他就像是昏倒一般，直接倒臥在房間角落睡著了。

隔天晚上，葛許又拉大提琴拉到了三更半夜。當他累得跑去喝杯水的時候，他又聽到了叩叩的敲門聲。

葛許心想著今晚不管是誰來，他一定要像昨天對付布穀鳥那樣，從一開始就馬上嚇跑對方。葛許拿著水杯準備就緒後，看到大門被稍稍推開，有一隻小狸貓走了進來。葛許把門又打開了一些，然後用力跺著腳怒吼道：

「喂！臭狸貓！你知不知道什麼是狸貓湯？」小狸貓一臉茫然地乖乖坐在地板上，露出百思不解的模樣，歪著頭思考了一會兒。

「我不知道什麼是狸貓湯。」牠說。葛許望著那張臉，差點忍不住要笑出來，但他還是裝模作樣地擺出兇惡的表情說：

「那就讓我來告訴你吧。所謂的狸貓湯啊，就是把像你這樣的狸貓拿去用鹽巴調味，搭配高麗菜一起慢火燉煮，好讓我可以飽餐一頓的食物啊！」小狸貓聽了，仍是一臉不可思議地說：

「可是我爸爸說葛許先生是個非常好的人，一點也不恐怖，才會叫我來向你拜師學藝。」這時候葛許終於忍不住放聲大笑。

「學什麼藝啊？本大爺可是很忙的！而且我現在還睏得要命！」

小狸貓突然氣勢洶洶地往前踏出一步。

「我是負責打小鼓的。爸爸叫我來這裡學習如何配合大提琴的演奏。」

「我沒看到什麼小鼓啊？」

「你看，就是這個。」小狸貓從背後拿出了兩根鼓棒。

「光有這個有什麼用？」

「那麼接下來，就麻煩您演奏《愉快的馬車伕》了。」

「《愉快的馬車伕》是什麼曲子啦？爵士樂嗎？」

「啊，樂譜在這裡。」小狸貓又從背後拿出了一張樂譜。葛許接過來一看，不禁笑了出來。

「呵，真是首怪曲子啊！好，那我就要拉了哦！你是要打小鼓嗎？」葛許偷偷瞄著小狸貓，想看看牠到底要玩什麼把戲，然後開始拉起琴來。

只見小狸貓拿起鼓棒，在大提琴琴碼下方處抓著拍子，咚咚地敲打了起來。因為小狸貓實在打得太精采，讓葛許也開始覺得很有意思。

曲子拉到了最後，小狸貓歪著頭想了好一會兒。

然後牠像是靈光一閃似地開口說：

「葛許先生在拉第二條絃的時候，琴聲總是會比我想的還要再慢一些呢！好像連我的鼓聲也會變得卡卡的。」

葛許嚇了一大跳。他的確從昨天晚上開始，就覺得不管他拉得有多快，那條絃都要過上一段時間才會發出聲音。

「哎呀，說不定真的是這個樣子。這把大提琴總是問題很多啊。」葛許一臉難過地說。於是狸貓露出同情的神情，又沉思了一會兒後說：

「到底是哪裡有問題呢？你可以再拉一遍讓我聽聽嗎？」

「可以啊，我要拉了哦！」葛許開始拉起了大提琴。小狸貓跟剛才一樣在咚咚地敲打著，還不時歪著頭把耳朵湊近大提琴。演奏到曲末時，東方天空也開始越來越明亮朦朧。

「啊，已經天亮了。真是謝謝您。」小狸貓慌張地把樂譜跟鼓棒背在身上，用橡皮膠帶緊緊固定好，向葛許行了兩三次禮之後，就走出屋外匆匆離開了。

葛許一臉茫然，呼吸著從昨晚弄破的玻璃窗吹進來的風好一陣子，心想著要趕在出門前睡個覺補充精神，便趕緊鑽進了被窩。

隔天晚上，葛許又拉了一整晚的大提琴。到了快天亮的時候，他累到拿著樂譜打起瞌睡來。這時他又聽見有人在叩叩地敲著門。那聲音雖然細小到幾乎微乎其微，但因為最近每天晚上都會遇到這種情形，所以葛許馬上就察覺到聲音，開口說了聲「進來吧」。從門縫中出現了一隻野鼠，牠還帶著一隻很小的小野鼠，敏捷地走到葛許面前。那隻小野鼠嬌小得幾乎跟橡皮擦差不多大，讓葛許看得不禁莞爾一笑。野鼠好像很納悶葛許到底是在笑什麼似地一邊東張西望，一邊把一顆綠色栗子擱在葛許面前，然後深深地一鞠躬。

「醫生，這孩子的身體狀況有點糟，好像就快死掉了。求求醫生大發慈悲醫好他吧！」

「我哪有本事當醫生啊？」葛許有些不悅地說。野鼠媽媽低下頭，沉默了一會兒後，又鼓起勇氣開口說道：

「醫生，您不用說謊。因為醫生您每天都會用高明的醫術治好大家的病啊！」

「我完全聽不懂你在說什麼。」

「因為多虧醫生的妙手回春，兔奶奶才能恢復健康，狸貓爸爸的病才會痊癒，您甚至還醫好了壞心眼的角鴟。如果您不顧這孩子的死活，那真是太無情了。」

「喂喂喂，你一定是誤會了什麼吧！我從來沒有治過角鴟的病啊！不過昨晚倒是有隻小狸貓跑來找我玩樂隊遊戲就是了。哈哈哈。」葛許聽了嚇一跳，低頭看著小野鼠笑了笑。

此時野鼠媽媽突然哭了出來。

「唉啊，要是這孩子注定要生病的話，那還不如早一點生病比較好。醫生明明直到剛才都還在拉著悠悠琴聲，但是等到這孩子一生病，您也好巧不巧地就停了下來，不管我如何懇求也不願意再為我們拉琴。這孩子實在是太苦命了！」

葛許驚訝地大喊：

「你說什麼？只要我拉大提琴的話，就能治好角鴟和兔子的病？這到底是怎麼一回事啊？」

野鼠單手揉著眼睛說：

「是的，這附近的動物們只要一生病，大家就會跑到醫生家的地板下接受治療。」

「這樣病就會好了嗎？」

「是的。因為這樣能夠促進血液循環，讓身體變得舒服許多。有人是當場就能治好病，也有人是回家之後才痊癒的。」

「啊，原來是這樣！當我的琴聲悠悠作響時，琴聲就會變得具有按摩功效，治好你們大家的病啊！好，我知道了！我就來試試看吧！」葛許稍微調整了一下琴絃，然後突然揪起小野鼠，把牠放進大提琴的破洞裡。

「我也跟牠一起進去。因為不管去哪家醫院，我一定都會陪在牠身邊。」野鼠媽媽像是發狂似地往大提琴衝去。

「那你也一起進來吧！」大提琴手想讓野鼠媽媽也鑽過大提琴的破洞，但是卻只塞得進半張臉而已。

野鼠媽媽一邊掙扎，一邊對著洞裡的孩子大喊：

「你在裡面還好吧？剛剛掉下去的時候，你有照我平常教你的那樣，雙腳併攏好才落地嗎？」

「我很好。我有順利落地。」小野鼠發出宛如蚊子聲般細小的聲音，在大提琴的底部答道。

「你不用擔心。所以拜託你別再哭哭啼啼的了。」葛許把野鼠媽媽放下來，然後拿起琴弓，總算是開始拉起了狂想曲。野鼠媽媽一臉擔心地聽著琴聲狀況，最後終於按捺不住地開口說：

「已經夠了。請您放牠出來吧。」

「什麼啊？這樣就夠了嗎？」葛許傾斜著琴身，把手抵在洞口附近等了一下子，小野鼠便從大提琴裡出來了。葛許默默放下小野鼠，仔細一看，發現小野鼠閉著眼睛，全身不停地在打著哆嗦。

「感覺怎麼樣嗎？身體還舒服嗎？」

雖然小野鼠一句話也沒有回答，緊閉雙眼繼續打著哆嗦，但牠卻突然之間站起來開始跑來跑去。

「啊啊，我的身體好多了。謝謝醫生，謝謝醫生。」野鼠媽媽也跟著小野鼠一起跑了起來，然後馬上來到葛許面前頻頻向他鞠躬道謝，一連說了十次左右「謝謝醫生，謝謝醫生」。

葛許忽然覺得野鼠們很惹人憐愛，便開口問道：

「喂，你們要吃點麵包嗎？」

野鼠一聽，像是被嚇到似地東張西望了一下後說：

「不，雖然麵包這種東西，是用麵粉揉捏蒸烤而成，看起來鬆鬆軟軟又很美味的食物，但是無論好不好吃，我們從來都沒有光顧過府上的櫃子，更別說我們現在已經受到醫生這麼多的關照，又怎麼會帶走麵包呢？」

「不是的，我不是那個意思。我只是在問你們要不要吃而已。所以你們都會吃麵包吧。等我一下哦，我拿給那個肚子不舒服的小野鼠。」

葛許把大提琴擱在地上，從櫃子上捏了一塊麵包放在野鼠的面前。

野鼠媽媽就像在發神經一樣，一下又哭又笑一下鞠躬行禮，然後小心翼翼地咬著那塊麵包，守在小野鼠的身後走出屋外。

「啊啊，跟老鼠講話還真是累人啊！」葛許重重地倒在被窩裡，一下子就呼呼睡著了。

接著就到了第六天的晚上了。金星音樂團的團員們各個手拿著樂器，容光煥發地從鎮上公會堂的音樂廳退場，陸陸續續地來到後台的休息室。大家完美地演奏完《第六號交響曲》了。音樂廳仍響徹猶如暴風雨一般的掌聲。雖然團長只是把手插在口袋，看起來完全不在乎觀眾掌聲似地，在團員之間悠哉地走來走去，但其實他可是開心得不得了。有團員正擦著火柴，點燃了叼在嘴裡的煙，也有團員正在把樂器收進盒子裡。

音樂廳的如雷掌聲依舊沒有停歇，甚至還拍得越來越響，響到讓人駭怕得不知如何是好。胸前別著白色大蝴蝶結的司儀走了進來。

「觀眾正在喊著要安可，就算是短一點的曲子也好，可以麻煩你們演奏一下安可曲嗎？」

團長一臉嚴肅地回答：「這可不行啊！才剛演奏完那麼盛大的交響曲，已經沒有曲子能讓我們演奏得更滿意了。」

「那就有請團長上台跟大家謝個幕吧。」

「不行！喂，葛許，你上台拉點什麼曲子吧！」

「我嗎？」葛許驚訝得目瞪口呆。

「就是你，就是在說你。」小提琴首席突然抬起頭說。

「來，你上台去吧！」團長說。大家把大提琴硬是塞進葛許的手中，然後打開門，不分青紅皂白地就把葛許推到了台上。當葛許拿著那把有破洞的大提琴，不知所措地一登上舞台後，團員們就拼命地熱烈鼓掌，似乎是要觀眾趕快看向葛許，甚至還有人在一旁哇哇高喊。

「這群人到底是要瞧不起人到什麼程度啊！好，你們就好好看清楚吧！我現在就要來拉《印度獵虎人》！」葛許立刻鎮靜下來，走到了舞台正中央。

葛許就像那隻貓不請自來的時候一樣，以宛如大象發怒般的氣勢，開始拉起了獵虎人的曲子。觀眾突然變得鴉雀無聲，專注地在聆聽演奏。葛許不斷地拉著大提琴，拉過花貓痛苦得冒出陣陣火花的段落，也拉過花貓不停用身體衝撞大門的部分。

演奏結束之後，葛許看也不看聽眾一眼，就像那隻貓一樣迅速拿著大提琴，一溜煙地逃進了後台休息室。只見團長和團員們彷彿像是遇到火災一樣，每個人都茫然瞪著眼睛，默默坐在休息室裡。葛許以為自己搞砸了表演，便迅速經過團員之間，走到另一邊的長椅一屁股坐下來，翹起了二郎腿。

此時，大家不約而同地轉頭看向葛許，每個人都露出了認真嚴肅的表情，完全沒有在嘻皮笑臉。

「今晚真是個奇怪的夜晚啊。」

葛許這麼想著。然而團長卻站起來說：

「葛許，你拉得太好了！雖然是那樣的曲子，但大家都很難得地在認真聆聽你的演奏哦！在這短短一個禮拜還是十天的時間內，你真的是進步神速啊！跟十天前的你相比，簡直就像是嬰兒比軍隊啊！只要你有心，還是做得到的嘛！」

團員們也紛紛站了起來，對著葛許說著「拉得真好啊」。

「哎呀，我想這是因為你的身體夠健康，才有辦法做出這樣的成果。換作是普通人，應該早就撐不下去了吧！」團長站在另一邊說。

這天深夜，葛許回到了家裡。

他一回到家後，又咕嚕咕嚕地喝起水來。然後他打開窗戶，眺望著那時候布穀鳥飛去的遠方天空。

「布穀鳥啊，那天真是對不起。我並沒有在生你的氣啊。」他說。

虔十公園林

虔十公園林

虔十總是在腰上綁著繩子，臉上笑嘻嘻的，悠哉地走在樹林或田野間。看到雨中綠油油的樹叢時，他會雀躍地猛眨眼睛；發現翱翔藍天的老鷹時，他會又跳又拍手地通知大街小巷。

然而，由於小孩子們老愛嘲笑虔十，把他當作玩笑看，虔十便漸漸不在大家面前隨意大笑了。

像是當風呼嘯而過，把櫸樹的葉子吹得閃閃發亮時，虔十都會看得好歡喜，好想要大笑，但他只能硬是張大嘴巴呵呵地吐氣，憋住笑聲蒙混過去，然後一直站在那裡抬頭望著櫸樹。

在張大嘴巴的時候，他偶爾會故意假裝嘴邊發癢，用手指一邊搔癢，一邊呵出氣息無聲地笑著。

這樣從遠處乍看，會以為虔十只是在搔著嘴邊的癢，或是在打呵欠而已。不過若靠近一看，不但會聽見虔十憋笑的氣息聲，就連嘴唇的抽動也能看得一清二楚，所以小孩子們還是很愛嘲笑他。

如果母親有交代，虔十會乖乖去挑五百桶的水回來，也會花一整天拔田裡的草。但其實虔十的父母親都不太會要他去做這些事情。

在虔十家後面，有一片差不多運動場大小，還沒開墾為農地的原野。

有一年，山頭上還覆著靄靄白雪，原野尚未長出新芽嫩草的時候，虔十突然跑到正在忙著翻地的家人面前說：

「媽媽，我想要買七百株的杉苗。」

虔十的母親停下手邊發亮的三齒鋤，直盯著虔十的臉說：

「什麼七百株杉苗？你要種在哪裡啊？」

「就是家裡後面的原野上啊。」

這時侯，虔十的哥哥開口說：

「虔十，就算在那裡種杉苗，也長不出東西來的。你不如來幫忙翻一下田吧。」

虔十一臉難為情地低下頭，扭扭捏捏地看著地上。

此時虔十的父親站在另一邊擦著汗水，挺直了身體說道：

「買吧，就買給他吧！反正虔十從來沒拜託過我們什麼事，就買給他吧！」虔十的母親聽了，也放心地笑了笑。

虔十立刻開心地拔腿奔向家裡。

他從倉庫裡拿出鋤頭，開始動手翻起草地，準備挖出用來種杉苗的洞。

虔十的哥哥隨後趕了過來，看著這片情景說：

「虔十，反正種杉樹時也是要挖開泥土，你就先等到明天再說吧。我明天會去買杉苗回來給你的。」

虔十尷尬地放下了鋤頭。

隔天晴空萬里，山上的白雪閃閃發光，高飛的雲雀在啾啾啼叫。虔十難掩喜悅，臉上掛著止不住的笑容，然後照著哥哥的指示，從最北方的邊界開始挖出種杉苗的洞。他不但挖得筆直，間隔也抓得不偏不倚。虔十的哥哥便沿著這些洞，種下一株株的杉苗。

就在這個時候，在原野北側擁有田地的平二叼著煙管，手插在衣袖裡，很怕冷似地縮著肩膀走了過來。雖然平二平常會做點農務，但其實大多都是在做些見不得人的勾當。平二對著虔十說：

「哎呀，虔十，你果然是個大笨蛋，竟然會想要在這裡種杉樹！你的樹最好別擋住我家田地的陽光啊！」

虔十聽得滿臉通紅，雖然想要回點什麼話，卻又不知所措地說不出話來。

於是虔十的哥哥開口說道：

「平二先生，您早啊。」他這麼說著，然後看著平二站了起來。平二見狀，才一邊在嘴裡咕噥，一邊緩緩地走開了。

嘲笑虔十在那片草原種杉樹的人，當然不是只有平二而已。大家都說那片土地底下是硬質的黏土，怎麼可能種得了杉樹，覺得虔十果然是個大笨蛋。

大家說的一點也沒錯。杉樹的翠綠枝幹，原本都是筆直地朝著天空伸展，然而從第五年開始，杉樹的枝梢便逐漸開始變得圓滑，到了第七年和第八年，樹高仍然只有九尺左右而已。

某天早上，當虔十站在杉林前時，有位農夫開玩笑地對他說：

「喂！虔十！你不幫那些杉樹修枝一下嗎？」
「什麼是修枝啊？」
「就是用山刀砍掉底下的樹枝啊！」
「那我應該也要修枝一下才對。」
於是虔十趕緊跑去拿了把山刀過來。
只見虔十開始從杉林一頭，喀擦喀擦地砍掉杉樹下方的樹枝。因為這些杉樹都只有九尺高，虔十必須稍微彎下身子，才有辦法鑽進杉樹底下移動。
到了傍晚，每棵杉樹都只剩下上方的三、四根樹枝，其餘部分全被砍得一乾二淨。
濃綠的樹枝遍布在草原上，那片小小的杉林頓時變得明亮空蕩。
看著空蕩過頭的杉林，虔十的心情突然很不舒服，胸口感覺到陣陣刺痛。
這時候虔十的哥哥正好從田裡回來，看著杉林忍不住笑了出來。他對著呆站在那裡的虔十愉悅地說：
「喂！我們把樹枝通通撿起來吧！竟然一下子就多了這麼多好用的木柴，連杉林也變得那麼氣派了！」

虔十聽了，總算才放心下來，和哥哥一起鑽到杉樹底下，把掉落在地的樹枝通通撿了起來。

杉樹底下的矮草長得短小美麗，讓這裡看起來彷彿就像神仙們下棋聚會的場所。

到了隔天，當虔十在倉庫撿著被蟲蛀過的大豆時，聽到杉林那裡傳來喧鬧嘈雜的聲音。

到處聽得到有人模仿著發號施令的喇叭聲，踏著步伐的腳步聲，以及宛如要把附近所有鳥兒都嚇飛般的陣陣笑聲。虔十嚇了一跳，趕緊跑到杉林那裡一探究竟。

令虔十驚訝的是，有五十幾個剛放學的小孩子在那裡排成一列，整齊劃一地踏著步伐，行進在杉林之間。

在這一片杉林的列隊中，不管走到哪裡，都彷彿身處在林蔭大道上一樣。看到換上綠衣的杉樹也像是排排站好的隊伍，孩子們都歡喜得不得了。只見大家紅著一張臉，模仿起紅頭伯勞鳥的叫聲，在杉林列隊之間來回穿梭。

才一會兒工夫，那些杉林列隊就被孩子們取了像是東京街道、俄羅斯街道，或是西洋街道之類的名字。

虔十也開心地在躲在杉林的一邊，張著大嘴哈哈大笑了起來。

從此之後，每天都會有許多小孩子聚在這裡玩耍。

不過如果是下雨天，孩子們就不會過來玩了。

這一天，軟綿雪白的天空嘩啦啦地下起雨來，虔十一個人孤伶伶，全身濕漉漉地站在林子外。

「虔十，你今天又來林子站岡了啊！」

穿著蓑衣的路人笑著對他說。杉樹結出紅褐色的果實，晶瑩冰涼的雨珠從翠綠茂密的枝梢上滴答垂落。虔十張開大嘴呵著氣息，身體在雨中冒著熱氣，就這樣一直站在那裡久久不動。

然而，事情就發生在某個霧氣瀰漫的早晨。

虔十不巧在茅草場上遇到了平二。

平二仔細端詳了四周，然後露出宛如惡狼般的邪惡表情大聲怒吼：

「虔十！快把你那片杉林給我砍了！」

「為什麼？」

「那片林子擋住我家田地的陽光了啊！」

虔十一語不發地低下了頭。雖然平二說杉林擋住了他家的田地，可是杉林的影子根本連五寸都還不到。更何況這片杉林，還能幫忙擋住南方吹來的強風。

「砍掉！通通砍掉！你不想砍是不是？」

「我不砍！」虔十抬起頭，有點害怕地說。他顫抖著雙唇，彷彿就快要哭出來了一樣。這是虔十這輩子唯一一次，對別人說出反抗的話。

然而，平二以為心地善良的虔十是在瞧不起自己，惱羞成怒地發起脾氣，突然不由分說地就往虔十的臉頰揍下去。一拳重重地揍了下去。

虔十用手摀住臉頰，默默地挨了一拳後，他頓時覺得四周一片蒼白，連站也站不穩。平二見情況不太對勁，便趕緊把雙手插在胸前，靜靜地走進霧中離開了。

於是，虔十就在那年秋天染上傷寒去世了。正好在虔十去世的前十天，平二同樣也因為罹患傷寒病死了。

不過在那片林子裡，每天還是會有許多小孩子跑來玩耍，完全沒有受到這些事的影響。

故事的進展要開始加快了。

到了隔年，這座村子興建了鐵路，從虔十家算起三個街區外的東側蓋了座車站，到處都是大型的陶瓷工廠和製線廠，附近一帶的農地和水田一下子都變成一棟棟房子。在不知不覺間，這裡已經變成一座繁華的城鎮了。不過不曉得為什麼，其中唯獨虔十的林子被完整地保留了下來。那片杉林也總算是長到了一丈高左右，每天都有好多小孩子聚在那裡玩耍。由於附近就有間學校，所以孩子們慢慢地都把這片林子，還有林子南邊的草原，都當作他們另一座運動場。

虔十父親的頭髮早已變得花白了。這也是當然的。畢竟虔十已經過世將近有二十年了。

有一天，有位離開村子出外打拼，現在已是美國某大學教授的年輕博士，在睽違十五年後回到了故鄉。

這裡哪裡還有過去的農田和森林景色呢？就連鎮上的居民也大多都是從外地搬來的。

儘管如此，某天博士在小學的邀請下，在課堂上為大家介紹了遠方國度的故事。

課堂結束之後，博士和校長們一起走出運動場，往虔十的林子那裡走去。

突然之間，年輕博士驚訝地推了好幾遍眼鏡，然後像是自言自語般地說道：

「啊！這裡一點都沒變。就連樹木也還是跟以前一模一樣。只是這些樹看起來都變得比印象中還要小多了。孩子們全都在這裡玩耍。啊！不曉得其中是否有我和我以前朋友的身影。」

博士頓時回過神來，笑容滿面地對著校長說：

「這裡現在是學校的運動場嗎？」

「不是的。這裡是對面那戶人家的土地，只是那家人一點也不介意孩子們聚在這裡玩耍。這裡雖然看起來就像學校附設的運動場，但實際上並不是如此。」

「那戶人家還真是妙啊！這到底是怎麼一回事呢？」

「這裡發展成城鎮之後，大家都建議那戶人家賣掉這片土地，但是那裡的老人家說這是虔十唯一的遺物，所以無論日子再怎麼難過，他們也絕對不會賣掉。」

「對對對，的確有這麼一回事。我們以前都覺得那個叫虔十的人腦筋怪怪的。那個人總是一天到晚笑呵呵的，每天都會站在這附近看著我們玩耍。聽說這片杉林好像全都是那個人種的。哎呀，我已經分不清誰是聰明誰是傻瓜了。不管在哪個地方，十力[1]的力量就是這麼不可思議。這裡永遠都將會是孩子們的美麗公園。該怎麼辦才好呢？我們要不要乾脆把這片林子取名為虔十公園林，讓這裡能永遠如此保存下去？」

「這真是個好主意。這樣一來，孩子們一定會非常幸福。」

現場所有人都一致贊同。

在草原的正中央，孩子們的林子前方，建了一座用綠色橄欖岩打造的石碑，上面刻著「虔十公園林」。

以前從那所學校畢業的學生，如今有人已成為了不起的檢察官或軍官，也有人在大海的另一端有座小農場，這些人都紛紛寄來了如雪片般的信件和捐款。

虔十家的人全都高興地喜極而泣。

這座公園林中杉林的黝黝綠意、清爽宜人的香氣、夏日涼爽的樹蔭，還有月光色的草地，今後不曉得將會讓幾千人明瞭真正的幸福呢？

這片林子就跟虔十還在世的時候一樣，一到下雨天，晶瑩冰涼的雨珠會滴滴答答落在低矮的草地上，在陽光的閃閃照耀下，釋放出乾淨清新的迷人空氣。

1佛教用語，如來所擁有的十種力量。

祭典夜

祭の晩

這天晚上是山神的秋日祭典。

亮二綁上新的水藍色腰帶，拿了十五錢，走出了旅店。現在有個叫做「空氣獸」的怪胎秀正火紅得不得了。

一個留著長髮，穿著寬鬆褲子，滿臉都是痘疤的男子站在小屋的帳棚帷幕前，大搖大擺地喊著：「來哦來哦，快來看看哦！」亮二不由自主地走近看板前，那名男子突然對著他喊：「喂，小夥子，快進來瞧瞧吧！看完之後再給錢也可以。」於是亮二不假思索地穿過木門走了進去。一走進小屋，亮二看到高木家的甲助也在裡面，還有許多熟面孔的身影。大家都露出一臉好奇又認真的神情，仔細端詳著正中央的舞台。舞台上正癱軟著一隻空氣獸。那看起來是一團巨大扁平，鬆垮軟綿的白色物體，完全看不出來哪裡是頭，哪裡是嘴巴。講解人用棍棒往觀眾這邊刺下去後立刻凹陷進去，物體的另一邊便凸了起來；往另一邊刺下去，就換這邊凸出來；往中間位置刺進去，周圍便會膨脹起來。亮二看了覺得很不舒服，急著想離開這裡，木屐卻卡到地面的凹洞，讓他失去平衡差點跌倒，一頭撞上隔壁高大壯碩的男子。亮二嚇得抬頭一看，發現眼前是一個身穿白條紋的老舊單衣，披著像簑衣的詭異外衣，面孔清瘦見骨的紅臉男子。只見對方同樣也露出一臉驚恐的表情，低頭望著亮二的臉。男子那雙圓滾滾的大眼，像被燻得髒髒的金黃色。當亮二一臉不可思議地盯著對方看時，男子突然眨了眨眼，匆忙地轉向另一邊，往木門方向走去。亮二也跟在他後面走了過去。男子站在門口張開緊握的巨大右手，交出了十錢銀幣。亮二也把錢遞給守門人走到外面，正巧撞見了堂兄弟達二。而那名男子的寬大背影，則漸漸消失在人潮當中。

達二指了指怪胎秀的看板，低聲說道：

「你也跑去看這個珍奇異獸啦？他們雖然叫這傢伙是什麼空氣獸的，但其實那只是在牛的胃袋裡塞滿空氣罷了。沒想到你竟然真的跑去看，真是冤大頭耶。」

當亮二愣愣地望著看板上那隻奇形怪狀的空氣獸時，達二又開口說：

「我還沒跑去看神轎，得先走一步了，明天再見吧！」語畢後，達二便用單腳一蹦一跳地鑽進人群中。

亮二也急急忙忙地離開那個地方。這一帶林立了許多小攤販，在電石燈[1]的照耀下，攤子上的綠色蘋果和葡萄都在閃閃發光。

電石燈的藍色燈火雖然美麗，但當亮二穿過那個區域時，他卻覺得那散發著一股像是大蛇身上的惡臭氣味。

在前方的神樂殿裡，點著五盞火光朦朧的燈籠。接下來似乎要輪到神樂[2]的表演，可以聽見手平鉦[3]的微微聲響。亮二心想著昌一也會參與神樂演出，怔怔地站在那裡好一會兒。

就在這個時候，前面那間位於扁柏樹蔭下的昏暗茶屋，好像傳來什麼吵雜的聲音，大家都往那個方向跑去。亮二見狀，也急忙跟了過去，躲在人群旁邊探頭張望。亮二看到剛才那名高大的男子披頭散髮，正受到村裡年輕人的欺負。他的額頭滿是汗水，不斷地低頭求饒。

1利用電石加水產生化學反應，點燃後即可發光的照明燈具。
2在日本傳統的神道儀式上，用來祭祀神明的歌舞表演。
3傳統和風樂器，常用於神樂表演中的銅鈸。

男子看起來好像想要說些什麼，卻結結巴巴地說不出話來。

在眾人注目之下，其中一位頭髮抹得油亮的年輕人更是囂張地大聲怒吼：

「被你這種外地來的傢伙看不起，誰還忍得下這口氣啊！快點付錢來啊！你這傢伙沒有錢嗎？你沒錢憑什麼吃飯啊！」

男子慌張得不得了，總算支支吾吾地擠出了字句。

「我、我、我、我會帶一百捆木柴過來的。」

茶屋的老闆看起來耳朵似乎不太好，但他卻假裝自己聽清楚了似地，故意大聲地說道：

「什麼？你說只不過是兩串？那還用你說！只不過是兩串丸子，要我免費奉送也行，但老子我就是看不慣你說話的樣子！喂，你擺那什麼臉啊！混帳傢伙！」

男子擦著汗，好不容易又吐出了話來。

「我等一下會帶一百捆木柴來的，求求你原諒我。」

年輕人一聽，勃然大怒地說。

「你這傢伙少胡扯了！有哪一國的人會用一百捆木柴來換兩串丸子啊？你到底是打哪來的人啊！」

「這、這、這、這、這我沒辦法說清楚。請原諒我。」男子眨著金黃色的眼睛，猛擦著汗說道。他好像把眼淚也一起連著汗水擦掉了。

「揍扁他！快揍扁他！」有人這麼喊著。

亮二已經明白其中的來龍去脈了。

（啊啊，他是因為肚子太餓跑來吃丸子，但是卻忘了剛才花了十錢跑去看空氣獸，身上早就已經沒有錢了。他哭得好難過啊。他不但不是壞人，還是個正直的老實人啊！好，我來幫他一把吧！）

亮二偷偷從錢包裡掏出僅剩一枚的白銅硬幣，緊緊地握在手中，然後裝成一副若無其事的模樣穿過人群，走到那名男子身邊。男子低著頭，手乖乖地垂在膝蓋旁，嘴裡似乎在拼命說著什麼模糊的字句。

亮二蹲下來，一語不發地把那枚白銅放在男子穿著草鞋的大腳上。男子似乎嚇了一跳，低頭猛盯著亮二的臉瞧之後，隨即彎下腰撿起錢幣，啪地一聲便往老闆面前的桌台上放，大聲喊道：

「來！我拿錢出來了哦！請原諒我吧！我等一下會再帶一百捆木柴還你！還會帶八斗栗子還你的！」男子話才一說完，就突然闖過年輕人和人群，像一陣風似地逃走了。

「山男！是山男！」人們大喊了起來，七嘴八舌地跟在後面打算追上去，但男子早已消失無蹤，連個人影也看不見了。

風呼嘯而過，漆黑的扁柏搖搖晃晃，茶屋的竹簾被吹得老高，周圍的燈光也全都熄滅了。

神樂的笛聲在此時響起，但是亮二已經不想去那裡，而是一個人走在田野間的灰白道路上，匆忙地踏上歸途。亮二想要快點趕回家，告訴爺爺山男的事情。朦朧的昴宿星團早已高掛在天空上了。

亮二回到家，穿過馬廄前走進屋裡，看到爺爺獨自在地爐上升起火煮著毛豆。亮二馬上坐到爺爺對面，把剛才的事情通通說了出來。原本爺爺只是看著亮二靜靜聆聽，但聽到了最後，終於忍不住放聲大笑。

「哈哈哈，那個人就是山男啊！山男為人相當正直，像我也常常在濃霧瀰漫的山裡遇到山男。不過我還是第一次聽到山男會下山來看祭典呢！哈哈哈！說不定只是他以前來的時候，都沒有被人發現吧。」

「爺爺，山男都在山裡做些什麼啊？」

「這個嘛，他們好像會用樹枝做陷阱來抓狐狸吧。就是把一根這麼粗的樹枝弄彎，在前面掛上魚之類的誘餌，等到狐狸或是野熊想拿走魚的時候，牠們就會被樹枝彈飛出去而死的陷阱。」

這個時候，屋前突然嘎啦嘎啦地發出巨大聲響，屋子就像遇到地震一樣搖個不停。亮二忍不住緊靠在爺爺身邊，爺爺也稍微變了臉色，急忙拿起油燈走出屋外。

亮二也跟在後面一起走了出去。因為風的關係，油燈立刻就被吹熄了。不過取而代之的，則是從東邊的黑色山頭靜靜升起的弦月光芒。

仔細一瞧，他們發現家門前的空地上，竟然被丟了一堆像小山一樣高的粗柴。那些都是上面還連著粗根和樹枝，被用力折斷後的粗大木柴。爺爺像是被嚇傻了一樣，愣愣地望著木柴好一陣子後，突然拍手大笑了起來。

「哈哈哈，山男給你帶木柴來了啊！我本來還以為他會再跑去剛才的丸子店。看來山男也滿聰明嘛。」

亮二想仔細看看那些木柴，一腳往前踏出，卻忽然被不明物體給滑了一跤。定睛一看，才發現腳邊是一地閃閃發亮的栗子。亮二起身大喊道：

「爺爺！山男還送栗子來了！」

爺爺也驚訝地說：

「他連栗子也送來了嗎？我們可不能收人家那麼多東西啊！我下次帶點回禮放到山裡好了。送衣服應該最適合了吧。」

不知為何，亮二忽然覺得山男很可憐，心頭冒出了一股想哭的衝動。

「爺爺，山男實在正直到太讓人同情了。我想送給他一些好東西。」

「也是，下次我帶床棉被給他吧。說不定山男會拿來當作棉襖穿在身上。然後也帶點丸子過去吧。」

亮二大聲喊道：

「只有衣服和丸子太無趣了，我想送他更好一點的東西！好到讓山男喜極而泣，讓他興奮地跳來跳去，開心到整個人都要飛到天上一樣！」

爺爺提起熄滅的油燈。

「嗯，真希望可以找到那麼好的東西。來，我們進屋去吃豆子吧。再等一下子，爸爸就會從隔壁回來了。」爺爺一邊說，一邊走進了屋內。

只見亮二靜靜地望著斜掛在天上的藍色明月。

風在山的那一邊，吹起了轟轟作響的風聲。

渡過雪原　雪渡り

其一（小狐狸紺太郎）

結凍的冰雪變得比大理石還堅硬，天空也宛如一塊冰冷光滑的藍色石板。

「冰雪沉甸甸，凍雪靜幽幽。」

太陽燃燒得雪白，為大地散播百合香氣，將冰雪照耀得閃閃發亮。

樹上結滿晶亮的白霜，看起來就像灑上一層粗糖。

「冰雪沉甸甸，凍雪靜幽幽。」

四郎和寒子穿著小小的雪鞋，嘎叩嘎叩地來到原野上。

還會有什麼日子比今天更有趣呢？無論是平常不能走進來的玉米田，或者是佈滿芒草的原野，今天想去哪裡就能去哪裡。因為現在到處都平坦得宛如一片板子，看起來就好像擺了許多小鏡子，處處閃耀著璀璨光芒。

「冰雪沉甸甸，凍雪靜幽幽。」

他們兩人來到了森林附近。高大的柏樹枝頭上，掛滿美麗透亮的冰柱，沉重得讓柏樹不禁彎下了腰。

「冰雪沉甸甸，凍雪靜幽幽。小狐狸呀，想要討新娘呀討新娘。」四郎和寒子對著森林高聲喊道。

兩人安靜了一會兒後，發現森林裡寂靜無聲，於是又大吸了一口氣，準備再度開口大喊。就在這個時候，森林裡傳來了一陣聲音：

「凍雪靜幽幽，冰雪沉甸甸。」一隻白色的小狐狸唱著歌，嘎沙嘎沙地踩著雪走了出來。

四郎稍微嚇了一跳，連忙將寒子擋在身後，然後站穩雙腳大聲唱道：

「小狐狸呀小白狐，你要新娘我給你。」

這隻狐狸年紀雖小，卻捻著像銀針一樣細的鬍鬚說：

「四郎呀四郎，寒子呀寒子，我不要新娘呀。」

四郎笑著說：

「小狐狸呀小狐狸，新娘不要，年糕要不要？」

小狐狸一聽，也搖頭晃腦了好幾下，好玩地說：

「四郎呀四郎，寒子呀寒子，小米糰子要不要？」

寒子覺得有趣極了，便在四郎的身後輕聲唱道：

「小狐狸呀小狐狸，狐狸的糰子是兔子便便。」

小狐狸紺三郎聽了笑著說：

「不，才沒有那回事。像你們這樣得體的人，怎麼可能會吃兔子便便做的咖啡色糰子呢？從以前開始，人們就老愛冤枉我們狐狸愛騙人。」

四郎驚訝地問道：

「所以大家說狐狸愛騙人，其實都是謊言嗎？」

紺三郎憤慨地說：

「當然是謊言。而且還是天大的謊言。那些說自己被狐狸騙的人，當時不是喝醉了，不然就是在自己嚇自己。這些人實在很有意思。像前陣子在某個月夜裡，甚兵衛就坐在我們家門口，唱了一整晚的淨琉璃[1]呢！大家通通都跑出來看了。」

四郎大喊道：

「甚兵衛他才不會唱淨琉璃，他唱的一定是浪花節[2]才對！」

小狐狸紺三郎一臉恍然大悟地說：

「是啊，說不定真的就是那樣。總之你們先來嘗嘗糰子吧？我要請你們吃的是由我親自下田播種除草，製粉揉成麵糰，等到蒸好後再灑上砂糖做成的糰子。怎麼樣？要不要來一盤？」

四郎笑了笑說：

「紺三郎，我們兩個正好才剛吃過年糕，現在肚子一點也不餓呀！下次再請我們吃吧！」

小狐狸紺三郎開心地揮動著短小的手腕說：

「這樣啊。那下次幻燈會的時候再請你們吃吧！請你們一定要來參加幻燈會！時間就在下個霜雪結凍的月夜，從晚上八點開始舉行。我先給你們入場券吧！你們

1日本傳統表演藝術之一，在三味線的伴奏下，透過說唱方式來表演的樂曲。
2日本傳統表演藝術之一，江戶時代時從關西地區開始興起的說唱樂曲。

想要幾張呢?」

「那給我們五張好了。」四郎說。

「五張是嗎?你們兩個人用兩張,那剩下的三張要給誰呢?」紺三郎問。

「要給哥哥們的。」四郎答道。

「你們的哥哥都不到十一歲吧?」紺三郎又問。

「不是,最小的哥哥現在四年級,所以八歲加四歲,他十二歲。」四郎說。

紺三郎聽了,一本正經地捻了根鬍鬚說道:

「真是不好意思,這樣你們的哥哥就無法參加了。只有你們兩個可以來。我會為你們保留貴賓席。那些幻燈片真的很有意思哦!第一張幻燈片是『禁止飲酒』,主角是你們村子的太右衛門和清作。他們兩人喝酒喝到暈頭轉向,正打算吃掉原野上奇形怪狀的饅頭和蕎麥麵。照片裡面也有拍到我的身影。第二張是『注意陷阱』,上面畫了我們紺兵衛在原野上落入陷阱的情景。這張是畫,不是照片。第三張是『小心燭火』,是我們紺助跑去你們家時,尾巴著火燒起來的模樣。你們一定要來看看。」

兄妹倆開心地點了點頭。

狐狸詭異地撇了撇嘴，開始踏起腳步，發出嘎噠嘎噠咚咚，嘎噠嘎噠咚咚的聲音。他搖頭晃尾地沉思了一會兒後，像是突然靈機一動似地，一邊揮舞著雙手打拍子，一邊開口唱道：

「凍雪靜幽幽，冰雪沉甸甸，
原野的饅頭熱呼呼。
醉醺醺的太右衛門晃呀晃，
去年吃了三十八個。
凍雪靜幽幽，冰雪沉甸甸，
原野的蕎麥麵熱騰騰。
醉醺醺的清作晃呀晃，
去年吃了十三碗。」

四郎和寒子也興致大開，跟著狐狸一起跳起舞來。

嘎噠、嘎噠、咚咚。嘎噠、嘎噠、咚咚。嘎噠、嘎噠、嘎噠、嘎噠、咚咚咚。

四郎唱道：

「小狐狸呀小狐狸，去年狐狸紺兵衛，左腳踏進陷阱裡，哇哇叫呀哇哇叫。」

寒子唱道：

「小狐狸呀小狐狸，去年狐狸紺助，想偷烤魚卻火燒屁股，吱吱叫呀吱吱叫。」

嘎噠、嘎噠、咚咚。嘎噠、嘎噠、咚咚。嘎噠、嘎噠、嘎噠、嘎噠、咚咚咚。

三個人一邊跳著舞，一邊來到了森林裡。紅如封蠟[3]的厚朴樹芽隨風搖曳得閃閃發亮，藍色樹影宛如一張大網落在森林雪地上，陽光所照耀之處彷彿盛開著銀色百合。

接著小狐狸紺三郎開口說：

「我們把小鹿也叫來吧？小鹿很會吹笛子哦！」

四郎和寒子開心地拍手叫好。於是三人便一起大喊道：

「冰雪沉甸甸，凍雪靜幽幽，小鹿想討新娘呀討新娘。」

只聽見另一頭傳來一陣輕柔的聲音：

「北風呼呼風三郎，西風颯颯又三郎。」

---

3 一種在歐洲用來密封信封文件或瓶裝容器的紅蠟。

小狐狸紺三郎噘起嘴巴，像是在嘲笑小鹿似地說道：

「那是小鹿的聲音。那傢伙是個膽小鬼，看來他應該是不敢過來的樣子。但我們還是再叫一遍試試看吧。」

於是三人再度喊道：

「冰雪沉甸甸，凍雪靜幽幽，小鹿想討新娘呀討新娘。」

這時候從更遙遠的遠方，傳來一陣不曉得是風聲還是笛子聲，抑或是小鹿歌聲的聲音：

「北風呼呼，深深沉沉。

西風颯颯，蕭蕭瑟瑟。」

狐狸又捻著鬍鬚說：

「要是雪地變軟，走起來就麻煩了。你們兩個現在先回去吧。等到下個冰雪結凍的月夜時，請你們務必大駕光臨。到時候就能看到我剛剛提到的那些幻燈片。」

「冰雪沉甸甸，凍雪靜幽幽。」於是四郎和寒子一邊唱著歌，一邊踩過銀雪踏上歸途。

「冰雪沉甸甸，凍雪靜幽幽。」

其二（狐狸小學的幻燈會）

農曆十五的晚上，皎潔的銀月靜靜地爬上了結冰的山頭。

雪地閃耀著銀白亮光，今天依然也冰凍得像寒水石[4]那樣堅硬。

四郎想起和狐狸紺三郎之間的約定，於是悄悄地跟妹妹寒子說：

「今天晚上就是狐狸的幻燈會了。我們一起去吧？」

寒子一聽，興奮地跳了起來，高聲喊道：

「走吧！走吧！小狐狸呀小狐狸，小狐狸呀紺三郎。」

這個時候，二哥二郎開口說：

「你們要去狐狸那裡玩嗎？我也想要一起去。」

四郎露出一副傷腦筋的模樣，縮著肩膀說：

「哥哥，只有十一歲以下的人才能參加狐狸的幻燈會啊！入場券上都有寫。」

二郎說：

4　一種白色的石灰岩，可用於建築、造園、雕刻等用途。

「來，你拿給我看看。哈哈哈。非學生家長者，十二歲以上來賓禁止入場。這群狐狸想得還真周到啊。這下我就進不去了啊。這也沒辦法了。你們兩個如果要去的話，就帶著年糕一起過去吧。來，你們帶上這塊鏡餅[5]吧。」

於是四郎和寒子穿著小雪鞋，背著年糕走到了外面。

兄妹倆的哥哥一郎、二郎和三郎站在門口排成一列大喊：

「路上小心。要是遇到了大狐狸，記得要趕緊閉上眼睛哦。我們來為你們吆喝一下好了。冰雪沉甸甸，凍雪靜幽幽，小狐狸想討新娘呀討新娘。」

月娘高掛天空，森林瀰漫著蒼白色的霧氣。兄妹倆已經來到森林的入口了。

只見一隻胸前別著橡實徽章的小白狐站在那裡說道：

「晚安，歡迎兩位。請問你們有帶入場券嗎？」

「我們有帶。」兩人拿出了入場券說。

「來，請往這邊走。」小白狐一本正經地屈身致意，眼睛猛眨個不停，然後伸手指向森林深處的方向。

5在日本新年時，用來祭祀神明的白色圓形年糕。

月光照入森林，一道道斜射而來的光線宛如好幾根青色棍棒。兄妹倆走進森林裡，來到了一塊空地上。

定睛一瞧，那裡聚集了許多狐狸學校的學生，有人在互丟栗子殼嬉戲，也有人在玩相撲遊戲。其中最妙的一幕，就是有隻跟老鼠差不多嬌小的小狐狸，騎在一隻體型較大的小狐狸身上，正拼命地想要摘下星星。

位在大家面前的樹木枝頭上，掛著一張白色布幕。

「晚安，歡迎你們的光臨。前陣子真是失禮了。」四郎和寒子的身後突然傳來一陣聲音。兩人嚇得回過頭一看，才發現原來是紺三郎在說話。

紺三郎穿著華麗的燕尾服，胸前別著水仙花，不時用雪白的手帕擦拭他那尖尖的嘴巴。

四郎微微地鞠躬致意後說：

「上次真是不好意思，也謝謝你今晚的邀請。這些年糕請大家一起吃。」

狐狸學校的學生不約而同地看向這裡。

紺三郎用力挺起胸膛，恭恭敬敬地收下年糕。

「謝謝你還特地帶伴手禮來。請兩位輕鬆享受今晚的活動吧。幻燈會馬上就要開始，我就先告辭了。」

紺三郎拿著年糕往另一邊走掉了。

狐狸學校的學生齊聲喊道：

「冰雪沉甸甸，凍雪靜幽幽，硬年糕硬梆梆，白年糕扁平平。」

布幕旁出現了一塊大板子，上面寫著：

「感謝人類四郎，人類寒子贈與大量年糕。」狐狸學生都開心地拍手鼓掌。

這時候忽然嗶地一聲，笛聲響起。

紺三郎咳咳地清著喉嚨，從布幕旁走了出來，彬彬有禮地向大家鞠躬致意。所有人都安靜了下來。

「今晚的天氣十分美好。月亮宛如珍珠盤一樣明亮渾圓，星星彷彿結凍的原野露水一樣璀璨閃亮。那麼接下來，幻燈會即將正式開始。請大家睜大你們的雙眼仔細觀賞，不要因為眨眼或是打噴嚏錯過任何一刻。

「另外今晚還有兩位重要貴賓，所以請各位觀賞時務必保持安靜，絕對不可以朝貴賓亂丟栗子殼。以上就是我的開幕致詞，謝謝大家。」

大家歡喜地拍手鼓掌。四郎輕聲地對寒子說：

「紺三郎還真有一套耶。」

嗶地一聲，笛聲響起。

布幕上映照著「禁止飲酒」幾個大字。只見字幕隨即消失，換成了一張照片。畫面上有個喝醉酒的人類爺爺，手上正抓著奇妙的圓形物體。

狐狸們開始踏著腳步高聲歌唱。

嘎噠嘎噠咚咚嘎噠嘎噠咚咚。

「凍雪靜幽幽，冰雪沉甸甸，

嘎噠嘎噠咚咚嘎噠嘎噠咚咚。

原野上的饅頭熱呼呼。

醉醺醺的太右衛門晃呀晃，

去年吃了三十八個。」

嘎噠嘎噠嘎噠嘎噠咚咚咚。

接著照片便消失在布幕上。四郎悄悄地對寒子說：

「這是紺三郎上次唱過的歌。」

布幕上出現了另一張照片。照片裡有個喝得醉醺醺的年輕人，他把臉埋進了用朴樹葉做成的碗裡，不曉得正在吃著什麼東西；出現在同個畫面的紺三郎則是穿著白袴[6]，站在對面看著年輕人。

狐狸們又踏著腳步開始歌唱。

嘎噠嘎噠咚咚，嘎噠嘎噠、咚咚。

「凍雪靜幽幽，冰雪沉甸甸，

原野上的蕎麥麵熱騰騰。

醉醺醺的清作晃呀晃，

去年吃了十三碗。」

嘎噠、嘎噠、嘎噠、嘎噠、咚、咚、咚。

照片消失後，稍微有一段中場休息時間。

有個可愛的狐狸女孩端著兩盤小米糰子走了過來。

四郎覺得害怕極了。因為他剛剛才看到太右衛門和清作，糊里糊塗地把一些怪東西都吃下肚了。

只見狐狸學校的學生們全都轉頭看向兄妹倆，交頭接耳地說：「他們會吃嗎？

6 袴，日本傳統的下身服飾之一，多呈寬鬆的褲裙樣式。

吶，他們會不會吃啊？」寒子端著盤子，被大家看得都羞紅了臉。四郎見狀，便下定決心說：

「吶，吃吧，我們來吃吧。我覺得紺三郎不會騙我們的。」於是兩人就把所有小米糰子都吃下了肚。小米糰子好吃到他們的下巴都快掉下來了。狐狸學校的學生們全都樂壞了，大家興奮地開始手舞足蹈起來。

嘎噠嘎噠咚咚，嘎噠嘎噠咚咚。

「白日陽光熱炎炎，

夜晚月光冷霜霜，

哪怕碎屍又斷骨，

狐狸學生不騙人。」

嘎噠、嘎噠咚咚，嘎噠嘎噠咚咚。

「白日陽光熱炎炎，

夜晚月光冷霜霜，

哪怕挨冷又受凍，

狐狸學生不偷竊。」

嘎噠嘎噠咚咚，嘎噠嘎噠咚咚。
「白日陽光熱炎炎，
夜晚月光冷霜霜，
哪怕碎屍又斷骨，
狐狸學生不妒恨。」
嘎噠嘎噠咚咚，嘎噠嘎噠咚咚。
四郎和寒子也開心到眼淚都流了下來。
嗶地一聲，笛聲響起。
布幕上映照著「注意陷阱」幾個大字，又隨即消失不見，換成了一張圖畫。那是狐狸紺兵衛左腳踩進陷阱的情景。
「小狐狸呀小狐狸，去年狐狸紺兵衛，
左腳踩進陷阱裡，哇哇叫呀哇哇叫。」
狐狸們大聲唱道。
四郎悄聲地對寒子說：
「那是我作的歌耶。」

圖畫消失在布幕上，出現了「小心火燭」幾個字。當那些字也消失之後，布幕上映照出一張圖畫。上面畫的是狐狸紺助正打算偷吃烤魚，尾巴卻燒起來的畫面。

狐狸學生們大喊道：

「小狐狸呀小狐狸，去年狐狸紺助，

想偷烤魚卻火燒屁股，吱吱叫呀吱吱叫。」

笛聲嗶地一響，布幕轉亮，紺三郎又走了出來說道：

「各位來賓，今晚的幻燈會就到此告一段落。今晚有一件事情希望大家能夠銘記在心。那就是有兩位聰明又沒喝醉的人類小孩，品嘗了狐狸準備的美食。希望大家未來長大以後也不要欺騙人類，妒恨人類。這樣一來，一定就能一掃我們狐狸的壞名聲了。以上就是我的閉幕致詞，謝謝大家。」

所有狐狸學生都感動得高舉雙手，站起來大聲歡呼，流下閃閃發亮的淚水。

紺三郎來到兄妹倆面前，深深一鞠躬後說：

「再見了。我絕不會忘記兩位今晚的恩情。」

兄妹倆也向紺三郎鞠躬致意，準備踏上歸途。狐狸學生全都追了上來，把好多橡實、栗子，還有發著藍光的石頭，通通都塞進他們兩人的懷中和口袋裡。

「來，這些給你們。」「來，請你們收下吧。」大家這麼說完後，又像一陣風似地一溜煙地跑回去了。

紺三郎面帶笑容地看著這一幕。

於是兄妹倆離開森林，走到了原野上。

只見在那片銀雪皚皚的原野中央，有三個黑色人影正迎面而來。原來是哥哥們來迎接他們回家了。

開羅團長　カイロ団長

在某個時節，有三十隻雨蛙正聚在一起開心工作。

他們的工作是接受昆蟲同伴的委託，撿拾紫蘇和罌粟的果實打造花田，或是蒐集形狀漂亮的石頭和青苔，建造出氣派的庭園。

在我們的生活周遭，處處都能見到像這樣由雨蛙經手過的美麗庭園。像是田間的豆樹下，樹林裡的橡樹根旁，還有雨珠滴落的石蔭等地方，到處都看得到他們精心打造的成果。

這三十隻雨蛙每天都興高采烈地在工作。清晨時分，當太陽公公的金黃光芒把玉米影子映照到兩千六百寸之遠時，雨蛙們就會大口呼吸清新的空氣出門工作。雨蛙們總是一邊歡唱笑鬧，一邊工作到日暮黃昏，直到太陽公公的餘暉，將林木草葉的綠意染成鮮豔的焦糖色。尤其在暴風雨過後的隔天，大家都會焦急地拜託雨蛙們抬走擋住庭園的板子，或是要他們盡快帶五、六個人手來幫忙處理倒下的金髮蘚，忙得不可開交。不過當工作越忙碌，雨蛙們越覺得自己是了不起的大人，心裡開心極了。「好！那邊的，用力拉緊啊！準備好了嗎？嘿咻！喂！布丘可，繩子鬆掉了啊！好了嗎？用力拉！喂喂喂！畢奇可，你放開那邊，把繩子綁好！嘿咻！再一下子！嘿咻！」雨蛙工作的情景，差不多就像這個樣子。

有一天，三十隻雨蛙蓋好了螞蟻公園，開開心心地準備收工。在回程的路途上，大家經過了一棵桃花木，發現樹下有一家新開的店鋪。在店家的招牌上，寫著「舶來威士忌，一杯兩厘[1]半」。

看到這新奇的玩意兒，雨蛙們不禁接二連三地走進店裡。店裡有隻淺黑色的黑斑蛙笨重地坐在椅子上，正無聊地吐著舌頭獨自玩耍。但當他一看到大家走了進來，便馬上用響亮的聲音說：

「嘿！歡迎光臨！各位在這裡稍微休息一下吧！」

1厘，日本明治時代至二戰後流通的貨幣單位，十厘為一錢，一百錢為一圓。

「這裡是什麼店啊？好像有進口的威士忌對吧？那是什麼酒啊？可以讓我們嚐嚐看嗎？」

「好的，進口威士忌是吧？一杯是兩厘半。您意下如何呢？」

「好，就拿過來吧。」

黑斑蛙拿出用小米粒做的杯子，舀了一杯烈酒。

「哇——！這酒還真烈啊！肚子好像快燒起來了一樣。喂！你們看！這酒絕不會讓你們失望哦！這酒一入喉之後，身體馬上就會熱起來。啊啊，感覺真棒啊！可以再給我一杯嗎？」

「好好好。等我舀完這邊的酒後立刻為您送上。」

「也快點把酒拿來這邊啊！」

「好好好，我會按各位點酒的順序來送酒的。來，這杯是您的。」

「謝謝你啦。呼——！呵呵呵，這酒還真好喝！」

「這邊的酒也麻煩快一點。」

「好的，這杯是您的。」

「呼——！」

「喂！再來一杯！」

「快點送來這裡啊！」

「再給我一杯！快一點！」

「好的，好的。請各位別著急，不然我會打翻好不容易才量好的酒啊！來，這杯是您的。」

「哎呀，謝謝你啦。呼——，咳咳咳！呼——，真是好喝耶。謝啦！」

於是雨蛙們喝下一杯又一杯的酒，而且越喝越上癮。

不過黑斑蛙的威士忌原本就有一油桶那麼多，就算用小米杯子舀個一萬杯，也少不了一分一毫。

「喂！再給我一杯！」

「我說再給我一杯啦！快一點！」

「好啦！快點拿酒來！」

「好好好。您已經喝了三百零二杯了，差不多該喝夠了吧？」

「你別管！我叫你拿來就拿來！」

「好好好，您如果還要喝的話，我馬上為您送上。來。」

「呼——！真好喝！」

「喂！快把酒也送來這邊啊！」

就在雨蛙們喝得好不痛快的時候，大家也漸漸湧起醉意，一個個打著鼾聲，開始呼呼大睡起來。

於是黑斑蛙賊賊地笑了笑，匆匆關起店門，把裝了酒的油桶緊緊蓋好。接著他從櫃子裡拿出鍊甲穿在身上，把自己從頭到腳全都包得密不通風。

之後他搬來桌子和椅子，端正地坐了下來。此時的雨蛙們，都還是打著鼾聲在睡覺。接下來黑斑蛙又搬來一張小椅子，放在自己椅子面前。

然後他從架子上拿下一根鐵棒，一屁股坐回椅子上，瞄準好睡在最旁邊的雨蛙，用鐵棒敲了敲那顆綠色大頭。

「喂！起來啊！該付錢了啊！快點！」

「呼——嚕，呼——嚕，嗚哇！好痛！是誰在亂打我的頭啦！」

「快點付錢啊！」

「啊，對對對。總共是多少錢啊？」

「你喝了三百四十二杯，總共是八十五錢五厘。怎麼樣？你付得出來嗎？」

雨蛙拿出錢包看了看，裡面只有三錢二厘。

「什麼啊？你身上只有三錢二厘嘛！真是太誇張了！好啦，你要怎麼辦呢？不然我就叫警察來了哦！」

「求求你饒了我，求求你饒了我啊！」

「不行，我不原諒你。好啦，快付錢吧！」

「我身上真的沒錢啊！拜託你放我一馬，我願意當你的僕人來抵債。」

「這樣啊，那好吧。那你現在就是我的僕人了。」

「是的。也只能這樣子了啊。」

「好，那你進去這裡面。」

黑斑蛙打開隔壁房間的房門，把那隻閉上嘴的雨蛙推進去後，又把門牢牢地關上。他邪惡地笑了笑，又一屁股坐回椅子上，再度拿起那根鐵棒，朝第二隻雨蛙的綠色大頭重重地敲了敲。

「喂喂喂，給我起床！付錢付錢！」

「呼——嚕，呼——嚕，哇啊！嗚嗚！再給我一杯酒！」

「你還在說什麼夢話啊！快起床！給我睜開眼睛！該付錢了！」

「嗚啊，啊啊！哦，什麼事？你為什麼要亂敲別人的頭啦！」

「你要說夢話說到什麼時候？快點給我付錢來！付錢！」

「啊，對對對。都差點忘了呢。總共是多少錢啊？」

「你喝了六百杯，總共是一圓五十錢。怎麼樣？你有這麼多錢嗎？」

雨蛙的臉色頓時慘白到近乎透明，他翻了翻錢包，裡面卻只有一錢兩厘。

「其他人多少會幫我出一點，求求你就算這個價錢給我吧！」

「唔，沒想到你還有一圓二十錢嘛。哎呀，原來是一錢兩厘才對。拜託你別把人當傻瓜了。你還真有臉殺價殺到酒帳的百分之一。如果套用國外的說法，就是要少算九成九給你吧？少瞧不起人啦！好啦，快付錢！快給我付錢！」

「可是我真的沒有錢啊！」

「那你就來當我的僕人吧。」

「沒辦法了。那就這樣辦吧。」

「好，你過來這裡。」於是黑斑蛙再度把雨蛙趕進了隔壁的房間。當黑斑蛙又準備一屁股坐回椅子上時，他突然靈光一閃，走到其他還在打鼾的雨蛙身邊，一個個地抽出所有人的錢包打開來一探究竟。結果每個錢包裡面的錢，全都沒有超過三錢。其中雖然有個錢包看起來特別大又鼓，可是打開一看，裡面卻一毛錢也沒有，只裝了折得小小的山茶樹葉。黑斑蛙看完後覺得開心極了，笑瞇瞇地笑了笑，再度拿起手邊的棒子，開始碰碰地敲起一顆又一顆綠色的雨蛙大頭。這下不得了了。大家此起彼落地喊著「好痛好痛，到底是誰啊」，然後睜開眼睛四處張望後，總算發現動手的人就是賣酒的黑斑蛙老闆。雨蛙們異口同聲地說：

「老闆，你搞什麼啊？你怎麼可以胡亂打人啊！」雨蛙們一邊說，一邊從四面八方朝黑斑蛙撲了上去。然而，黑斑蛙的力氣不但可敵三十隻青蛙，身上還穿著一襲鍊甲；而喝了舶來威士忌的雨蛙們全都醉醺醺的，站都站不穩，所以也只能一隻隻任由黑斑蛙左摔右拋。最後黑斑蛙還把十一隻雨蛙疊成一團，就這樣用力拋了出去。雨蛙們害怕得渾身發抖，臉色慘白到將近透明，全都跪下來低頭求饒。於是黑斑蛙義正詞嚴地說：

「你們所有人都喝了我的酒，大家的酒帳都超過了八十錢，可是卻沒人有帶超過五錢的錢。怎麼樣？有人有錢嗎？都沒有吧？唔嗯。」

雨蛙們呼呼地喘著氣，彼此只能面面相覷。黑斑蛙一臉得意地又開始說道：

「怎麼樣？你們都沒錢吧？到底有沒有？都沒有吧？話說你們有兩個同伴因為

付不出錢，已經說好要當我的僕人了。那你們幾個有什麼打算？」這個時候，就如同各位所知道的，那兩隻被關進隔壁房間的雨蛙，現在正從門縫中露出大眼，嘰地一聲發出低鳴。

只見大家你看我，我看你。

「這下也沒有辦法，也只能這樣做了。」

「就這麼辦吧。」

「麻煩讓我們成為您的僕人吧。」

於是心地善良的雨蛙們，馬上就成為黑斑蛙的僕人了。黑斑蛙打開隔壁房門，把之前那兩人拉了出來，然後一臉嚴肅地對著大家說道：

「你們聽好了。我決定將我們這個團體取名為開羅團，本人我就是開羅團長。從明天開始，大家都得聽從我的命令，知道了嗎？」

「也只能這樣了。」雨蛙們回答。這時候，黑斑蛙突然站起身，繞著屋內走了一圈。轉眼之間，這間酒鋪立刻就變成開羅團長的大本營了。

於是，這一天落下帷幕，新的一天到來了。儘管如此，即使太陽公公的金黃光芒已將桃花木的影子映照到三千寸之遠，天空也閃耀著蔚藍光采，開羅團卻沒有接到任何一件工作委託。黑斑蛙便召集了雨蛙，對大家說道：

「完全沒有人要委託我們工作啊！像這樣一直沒有工作上門，養你們在這裡一點用處也沒有，最後連我也會自身難保啊！所以閒閒沒事做的時候，首要之務，就是要提早為忙碌做準備。簡單來說，就是必須趁現在這時候，事先蒐集好工作會用到的材料。首先最重要的就是樹木了。今天大家出門去蒐集十棵漂亮的樹木來……十棵太少了，我想想……那一百棵好了，可是一百棵好像還是不太夠，就帶一千棵樹回來好了。如果你們蒐集不到一千棵樹，我馬上就一狀告到警察那裡，所有人通通都得接受死刑！你們那肥嘟嘟的脖子，砰咚一聲就會被一刀兩斷哦！不過你們的脖子都太肥了，砍下去的時候應該不是碰咚一聲，而是咻砰的聲音吧！」

雨蛙們聽了，不禁顫抖著綠色手腳，然後像逃難一樣偷偷摸摸地跑到外面，每人各負責三十三又三分三厘左右的棵數，開始拼命找起樹來。然而早在不久之前，雨蛙們已經在這一帶找過樹，所以無論現在多麼努力在附近東奔西跑，到了傍晚時分，他們也只找到九棵樹而已。雨蛙們紛紛哭喪著臉，在四處繞來轉去，但最後仍是束手無策。就在這個時候，正好有隻螞蟻走了過來，他看到雨蛙們在焦糖色的夕陽底下，臉色蒼白到近乎透明在哭泣著，忍不住嚇得開口問道：

「雨蛙先生，昨天真是謝謝大家幫忙。請問你們現在發生什麼事了嗎？」

「我們今天必須要交給黑斑蛙一千棵樹，可是我們現在只找到九棵樹而已。」

螞蟻一聽，咯咯大笑了起來。接著他說：

「如果他要一千棵樹，那給他一千棵不就得了嗎？你們看，在那裡像是一團團煙霧的黴菌樹，只要抓個一把，差不多就有五百棵了吧？」

雨蛙們恍然大悟，開心地抓起那宛如煙霧的黴菌樹。大家各抓了三十三又三分三厘的黴菌樹後，便向螞蟻表達謝意，回到開羅團長那裡。團長看了，心情大為歡喜。

「唔嗯，很好，很好！好，那大家就一人喝一杯舶來威士忌，喝完後就去休息吧！」

於是雨蛙們拿起小米粒的杯子喝了一杯舶來威士忌，然後醉醺醺地打著鼾聲，呼嚕呼嚕地進入夢鄉。

隔天早上，當太陽公公又高掛天空的時候，黑斑蛙開口說道：

「喂，大家集合！今天一樣也沒有任何工作上門。所以大家聽好了，你們今天就到各處的花田，去撿花的種子回來。一人撿一百顆……不行，一百顆太少了。一人撿一千顆……不行，在這個日照時間較長的時節裡，一千顆也還是太少了。那就一萬顆好了。一人去撿一萬顆種子回來。聽好了，要是沒有撿到一萬顆，我馬上把你們交給巡查處理！到時候巡查就會把你們的腦袋全部砍下來！」

雨蛙們在太陽底下頂著慘白的臉，往花田的方向走去。不過幸運的是，這一天的花種子就像雨滴一樣紛落而下，蜜蜂們也在周圍嗡嗡地飛來飛去。於是雨蛙們通通蹲了下來，開始拼命地撿起種子。大家一邊撿還一邊聊道：

「喂，畢奇可。你有辦法撿到一萬顆嗎？」

「動作如果不快一點的話可能沒辦法吧。我現在才只撿到三百顆而已。」

「剛才團長原本是說一百顆對吧？真希望只要撿一百顆就好了。」

「是啊，後來他還改說是一千顆。如果是一千顆的話也好啊。」

「就是說啊。話說我們為什麼會喝掉那麼多酒啊？」

「我也想過這個問題。喝完一杯接著第二杯，喝完第二杯又喝下第三杯，大家好像被繩子牽引一樣，一杯又一杯地喝下去，結果就這樣喝掉三百五十杯了。」

「真是莫名其妙啊！糟糕，動作再不快一點就麻煩了啊！」

「你說的對！」

雨蛙們撿啊撿的，到了傍晚時分，每人總算都撿到了一萬顆，然後回到了開羅團長那裡。

開羅團的黑斑蛙團長一看，便高興地說：

「嗯，很好。好啦，大家一人喝一杯舶來威士忌，然後就去睡覺吧！」

雨蛙們興高采烈地拿起小米杯子，一人喝了一杯威士忌後，便呼嚕呼嚕地睡著了。

隔天早上，雨蛙們睜開眼睛一看，發現屋子裡有另一隻黑斑蛙，正在跟團長這麼談道：

「總之就是要辦得很盛大才行啊！不然最後一定會淪為大家的笑柄！」

「真傷腦筋啊。那這樣好了，一個人九十圓你覺得如何？」

「嗯，這個價錢還算可以接受吧！」

「就這樣說定了吧！哎呀，大家都起床了啊？今天要讓你們做什麼事情好呢？每天都沒有工作上門實在是很傷腦筋啊！」

「的確，我真是同情你啊！」

「今天就讓大家去搬搬石頭好了。喂！今天你們每人各搬九十匁[2]的石頭回來！不，九十匁實在是太少了。」

「是啊，九百貫[3]聽起來順耳多了呢！」

「沒錯，說得沒錯！畢竟也不知道要搬多少才夠嘛。喂！你們幾個！今天每人各搬九百貫的石頭回來。要是辦不到，我馬上就把你們通通交給警察！這一位可是法院的大人物，憑他的權力，輕而易舉地就能讓你們的腦袋咻咚一聲落地！」

雨蛙們聽了，個個面無血色。這也是當然的。畢竟就連人類，也無法一個人搬運九百貫的石頭。而雨蛙的體重，頂多也不過是八匁、九匁左右吧。單憑他們的力量，哪有辦法一人一天搬九百貫的石頭。這也難怪大家光用想像，就忍不住開始頭暈目眩，紛紛呱呱叫到昏倒在地。

黑斑蛙趕緊拿出之前的鐵棒，往雨蛙的頭上叩叩地敲了又敲。於是雨蛙只好眼冒金星，頭昏眼花地出門工作了。在他們眼中的太陽公公，看起來就像掛在遠方天空一角的三角物體，正在不斷地旋轉移動。

2 匁，重量單位，一匁約為三點七五公克，一千匁為一貫。
3 貫，重量單位，一貫約為三點七五公斤。

雨蛙們來到一處遍地石頭的地方，各自在一百匁的石頭上綁上繩索，然後發出嘿咻、喝咿、嘿咻的吆喝聲，開始用力拉起了石頭。由於雨蛙們實在太過拼命，大家都是汗流浹背，疲累得宛如殘風一般，眼前只看得到一片漆黑世界。儘管如此，這三十隻雨蛙仍然乖乖地把一塊塊石頭，都搬到了開羅團長家裡。只是等到大家抵達時，時間已經來到中午了。筋疲力盡的雨蛙們各個頭暈目眩，大家不但累得睜不開眼睛，甚至連站也站不起來。唉啊！但如果不快點在入夜前搬完剩下八百九十九貫九百匁的石頭，大家的腦袋通通都會被砍下來。

這個時候，原本在家裡呼呼大睡的開羅團長終於醒了過來，慢條斯理地走出屋外一探究竟。只見雨蛙們有些坐在搬回來的石頭上嘆著氣，也有些躺在泥土地上睡成了大字形。大家的影子被陽光映照得青藍，漂亮地灑在地上。團長一看，氣得勃然大怒，急忙進屋準備拿鐵棒出來。就他進屋的時候，醒來的雨蛙趕緊搖醒還在睡的同伴，等團長再走出來時，大家早已端端正正地站在那裡了。開羅團長說道：

「你們這群懶惰蟲，到底在搞什麼啊？花了這麼多時間，結果卻只搬來這麼一點石頭嗎？真是一群窩囊廢！區區九百貫的石頭，我只要三十分鐘就能搬完給你們看！」

「可是我們真的辦不到啊。我們大家都已經累到快要升天了。」

「哼！真是沒用的東西！快回去搬石頭！要是到晚上都還沒搬完，我就把你們通通交給警察！到時候警察就會把你們的腦袋咻咚地砍下來！一群蠢蛋！」

雨蛙聽了，忍不住自暴自棄地大喊：

「那就麻煩你快把我們交給警察吧！聽到你每次都咻咚咻咚地叫著，感覺好像也很有意思的樣子。」

開羅團長火冒三丈地怒吼道：

「哼！一群蠢蛋窩囊廢！哼！嘎啊啊啊啊啊啊啊啊啊！」開羅團長看起來臉色一變，突然閉上了嘴巴。然而那陣「嘎啊啊」的聲音依舊沒有停歇。原來那根本不是來自於團長的喉嚨，而是蝸牛透過號角發出巨大音量，迴響在雲霄之間的聲音，也是大王即將頒布新法令的通知。

「你們聽，大王要頒布新法令了。」雨蛙和黑斑蛙連忙立正站好。蝸牛吹響的號角聲仍然嘹亮地迴盪在天際。

「大王頒布新法令，大王頒布新法令。總共一條法令。關於命令他人工作的方式，關於命令他人工作的方式。第一，命令他人工作時，首先要將對方的體重除以自己的體重得出答案；第二，將那個答案乘上要命令他人進行的工作目標；第三，最後得出的目標結果，自己必須要先在兩天內親自做完一遍。以上完畢。不遵從新法令者，一律處以引渡至鳥之國的刑責。」

雨蛙們一聽，立刻開心地歡欣鼓舞。像雀可那幾個特別擅長數學的雨蛙，馬上迫不及待地心算了起來。聽命行事的雨蛙體重為十匁，下達命令的團長體重為一百匁，一百匁除以十匁，答案是十；工作目標為九百貫石頭，九百貫乘以十，答案為九千貫。

「喂！大家聽好了！答案是九千貫！」

「團長，從現在開始到晚上為止，請你搬四千五百貫石頭回來。」

「這可是國王下達的命令。請你快點去搬。」

這一回，輪到黑斑蛙的臉色慢慢變得鐵青，呈現著透亮的淡褐色，全身上下顫抖不已。

雨蛙們把黑斑蛙團團圍住，帶著他來到遍布石塊的地方。大家在一塊大約有一貫重的石頭綁上繩子後說：

「來，到晚上之前，你只要像這樣搬四千五百次就可以了。」雨蛙們一邊說，一邊把繩子掛在開羅團長的肩上。只見團長丟掉手上的鐵棒，露出堅定的眼神，定睛看向搬運路線的方向，看起來一副做好心理準備的樣子。然而實際上，他還是一點也不情願。於是雨蛙們開始鬧哄哄地齊聲打起拍子。

「嘿咻！嘿咻！嘿咻！嘿咻！」

開羅團長跟著拍子，奮力地踏出了五次腳，卯足全力地拉了拉繩子，但石頭仍然是一動也不動。

黑斑蛙流著滿頭大汗，用力張開大嘴呼呼喘息。他覺得周圍一陣天旋地轉，所有景色看起來都呈現著咖啡色。

「嘿咻！嘿咻！嘿咻！嘿咻！」

黑斑蛙又用力地踏出了四次腳，不料當他踏出最後一步的時候，他的腳竟然發出咯哩一聲，扭曲成奇怪的形狀。雨蛙們看到後，忍不住哈哈大笑了起來。不過轉眼之間，大家又突然靜了下來，安靜到令人感到頭皮發麻。各位，此時的寂靜實在令我難以言喻。各位可以明白嗎？就是當自己跟著所有人一起大聲嘲笑他人，然後又頓時陷入沉默的寂靜。

不過就在這個時候，蝸牛那宏亮的號角聲又再度響徹了雲霄。

「國王頒布新法令，國王頒布新法令。所有生物皆有善良憐愛之處，絕不容許任何仇視對立之行為。以上完畢。」接著這個聲音又朝著另一個方向遠去，「國王頒布新法令」的聲音，迴響在遙遙遠方。

於是雨蛙們紛紛圍上前，忙著幫黑斑蛙補充水分，把他那扭曲的腳恢復原狀，或是咚咚地幫他拍著後背。

黑斑蛙不禁落下滴滴懊悔的淚水說：

「啊啊，大家對不起，我錯了。我已經不再是你們的團長或是任何人了。畢竟我也不過只是隻青蛙罷了。我從明天開始要洗心革面，當個裁縫師傅。」

雨蛙們一聽，大家都開心地鼓掌叫好。

從隔天開始，雨蛙們都回到了原本的工作崗位，繼續過著快樂的生活。

各位，在雨過天晴，或是強風吹過的隔天，又或者是晴空萬里的好天氣時，大家是否曾經在農田或花圃蔭處中，聽見這樣窸窸窣窣的聲音呢？

「喂！貝可！再幫忙整理一下那邊吧！這樣還可以啦！喂喂喂！這裡要種的不

是早熟禾[4]，而是看麥娘[5]才對啦！沒錯沒錯，不要搞混了啦！哈哈哈！唷，皮丘可。喂，皮丘可，你把那邊的洞穴埋起來吧！準備好了嗎？好，我要丟過去了哦！非常好！啊啊，糟糕了！來，幫忙來拉一把吧！嘿咻！」

4 早熟禾（Poa annua），禾本科早熟禾屬。
5 看麥娘（Alopecurus aequalis），禾本科看麥娘屬。

號誌燈先生與號誌燈小姐

シグナルとシグナレス

「喀噠、喀達、咻呼呼，
抬頭一看，已可望見蠍子紅眼，
今日晨光，也從四點開始揭幕。
那片遠野盆地，仍漆黑一片，
只剩冷冽水聲，迴盪於耳邊。
喀噠、喀噠、咻呼呼，
我朝結凍的砂礫，吐著濛濛霧氣，
在無盡的黑暗中，濺起陣陣火花，
正當我來到了，蛇紋岩的山崖上之時，

只見東邊天空，才終於燃起熊熊紅光。
喀噠、喀噠、咻呼呼，
鳥兒婉轉啼叫，林葉閃閃發亮，
湛藍溪流，潺潺流動，
卻見丘陵山谷間，放眼望去，
一整面耀眼白霜，盡收眼底。
喀噠、喀噠、咻呼呼，
只要一跑動，全身就會暖呼呼。
我氣喘吁吁，流著滿頭大汗。
真想再多跑個七、八公里呀。
今天一整天，仍是寒霜蔽日。
喀噠、喀噠、咻呼呼。」

從輕便鐵道東邊行駛而來的首班列車似乎有點匆忙，他一邊唱著這首歌，一邊開往這裡停了下來。虛弱無力的熱氣從火車下方逃竄而出，淡薄的青藍煙霧從奇形怪狀的細長煙囪冒了出來。

這時輕便鐵道沿線的電線桿們，彷彿像是終於放心下來似地發出嗡嗡低鳴，而號誌燈柱則是喀噠一聲舉起了白色橫木。這根筆直挺立的號誌燈柱，就是號誌燈小姐。

號誌燈小姐輕輕嘆了一口氣，抬頭仰望天空。條紋狀的淡淡細雲佈滿天空，一邊將冷冽白光灑向結凍的地面，一邊靜靜地朝著東方飄蕩而去。

號誌燈小姐仔細凝望著雲的去向，然後使勁地將輕軟的橫木伸向那個方向，用微乎其微的聲音喃喃自語道：

「今天早上那些阿姨也一定都會看向我這邊。」

號誌燈小姐一心一意，目不轉睛地在注意那些雲的動向。

「喀答！」

身後靜謐的天空突然傳來一陣聲響，號誌燈小姐急忙地回頭一望。那根位在長年堆積的黑色枕木對面，模樣氣派的主線號誌燈柱正在降下他身上的堅硬橫木，準備迎接現在正從遙遙南方行駛而來，冒著冉冉白煙的列車。

「早安，今天早上還真是暖和呢！」主線的號誌燈先生就像軍隊一樣站得直挺，正經八百地打著招呼。

「早安。」號誌燈小姐垂著眼，低聲地答道。

「少爺，不可以這樣子。麻煩您以後不要和那種傢伙隨便搭話。」供應夜間電力給主線號誌燈的粗壯電線桿趾高氣昂地說。

主線的號誌燈先生一臉尷尬，欲言又止地閉上了嘴巴；懦弱的號誌燈小姐則是滿腦子想著自己該就地消失，還是乾脆飛到遠處才好。但不管怎麼想都只是在做白日夢，她終究只能乖乖站在原地。

條紋狀的雲宛如薄薄的琥珀板一般朦朧，微微陽光便透著雲層灑落而下，讓主線號誌燈先生身旁的電線桿開心不已。他一邊望著朝向對面原野前進的小馬車，一邊低唱起走調的歌曲。

「隆嗡，隆——隆——，
從輕薄的雲朵中，
降下了美酒來。
在美酒當中，

漂流著寒霜。
隆嗡，隆——隆——，
隆嗡，隆——隆——，
當寒霜溶化後，
地面泥土將是漆黑一片。
馬兒會深陷泥濘，
人們也是寸步難行。
隆嗡，隆——隆——。」

電線桿繼續唱個不停，盡是唱著不知所云的內容。

於是主線的號誌燈先生就趁著電線桿唱歌時，悄悄地拜託西風幫忙傳話道：

「請你不要介意。那傢伙說話總是那麼粗魯，一點禮貌也不懂。其實我每次都很傷腦筋啊！」

輕便鐵道的號誌燈小姐不知所措地垂下頭低聲說：

「哎呀，才沒有這一回事啦！」但因為號誌燈小姐正好位在逆風的位置，主線的號誌燈先生並沒有聽見她的聲音。

「你願意原諒我嗎？說句老實話，要是你真的生我的氣，我就連活下去的價值也沒有了。」

「哎呀呀，快別這麼說！」用輕便鐵道的木材製成的號誌燈小姐，一副很為難似地縮起了肩膀，但其實在她那微微低垂的臉龐上，正因為喜悅綻放著亮白光采。

「號誌燈小姐，請你認真聽我說。若是為了你，在下一班十點的火車到來時，我可以不放下我的橫木手臂，讓你瞧瞧我站在這裡一動也不動，等待火車來臨的勇敢英姿。」咻咻吹過的陣風，正巧就在此時戛然而止。

「哎呀，這樣可不行啊！」

「我當然明白這樣是不行的。在火車即將到來時，這種硬是不放下橫木手臂的舉動對你我都沒有好處，所以我絕對不會這麼做的。但是我可以為了你做到這個地步。你就是我這世界上最重要的存在。請給我你的愛吧。」

號誌燈小姐凝視著地面，默默地站在那裡。而那根站在主線號誌燈先生旁的矮電線桿，又開始唱起了莫名其妙的歌曲來。

「隆嗡隆——隆——，

在山中的岩洞裡，

大熊燃燒起柴火，

沒想到濃煙密布，

大熊倉皇逃出洞裡。隆嗡隆——，

田螺動作慢吞吞。

嗚唔，田螺動作慢吞吞。

田螺的帽子，

是上好的呢絨料，隆嗡隆——隆——。」

主線的號誌燈先生是個急性子，他看到號誌燈小姐沒有回應，便焦急得像是熱鍋上的螞蟻。

「號誌燈小姐，你不願意給我答覆嗎？唉啊，我彷彿身陷於黑暗之中，眼前的景色宛如漆黑深淵。啊啊，真希望現在能降下落雷，一擊將我的身體粉碎；真希望腳邊噴發出烈火，將我拋向遙遠的天邊。所有的一切都結束了。真希望現在能降下落雷，一擊將我的身體粉碎。真希望腳邊……」

「不，少爺，當落雷打下來的時候，小的會在前面為您擋下這場災禍，請您儘管放心。」

號誌燈先生身旁的電線桿不知何時停下了莫名其妙的歌聲，然後豎起頭頂上那長得像矛槍的金屬細線[1]，不斷地眨了眨眼睛。

「喂，你在亂講什麼話啊！我現在可沒有閒工夫理你！」

「請問您又怎麼了嗎？拜託您聽聽屬下的心聲啊！」

「算了！你給我安靜點！」

號誌燈先生高聲喊道。然而這時候的號誌燈小姐，也早已一句話都不說了。雲層逐漸變得稀薄，柔和的陽光從縫隙中照射下來。

五月的月亮再度從西邊山脈上的黑色橫雲中探出頭來，趁著落入山頭前的這段短暫時光，散放出宛如鉛一般的黯淡灰光，照耀著周圍一帶的土地。除了冬天枯乾的樹木，還有層層堆積的黑色枕木在沉眠之外，就連電線桿們也都進入了夢鄉，只

1意指位於電線桿頂端上，可保護電線免受雷擊的地線（Ground wire）。

聽得見遙遙遠方的風聲或水聲在轟轟作響。

「唉啊，我已經沒有繼續活下去的價值了。為什麼每當火車到來的時候，我都必須要放下橫木手臂，戴上綠色眼鏡[2]呢？我覺得這個世界實在太無趣了。啊啊，乾脆死了算了。但是我要怎麼死呢？要死果然還是要死在雷擊或是噴火中啊。」

主線的號誌燈先生今晚又失眠了。他的心情十分煩悶。然而不是只有號誌燈先生這麼覺得而已。一臉無精打采，面色蒼白地站在枕木對面，點著紅色燈火的輕便鐵道號誌燈——也就是號誌燈小姐，同樣也煩悶得輾轉難眠。

「唉啊，號誌燈先生也真是的，我只是因為羞於啟齒而無法做出答覆，他竟然立刻就氣成那個樣子。我的一切也全都完了。神啊，當祢要在號誌燈先生身上降下落雷時，請連我也一起劈了吧！」

號誌燈小姐這麼說著，頻頻向星空喃喃祈禱。不過她的祈禱聲，就這樣淡淡地傳進了號誌燈先生耳裡。號誌燈先生像是被嚇到一樣挺起了胸膛，稍微思考了一會兒，最後卻還是開始全身發抖。

2是指號誌燈柱上外觀長得像眼鏡，會發出紅綠燈光的信號燈裝置。

他顫抖著身體說道：

「號誌燈小姐，請問你在祈禱什麼呢？」

「我不曉得你在說什麼。」號誌燈小姐低聲答道。

「號誌燈小姐，你這樣說就太過分了。我剛才說我願意被落雷劈到粉身碎骨，讓腳邊冒出噴火，又或者是乾脆地被強風吹倒，被挪亞的洪水吞噬而死啊！我都說到了這個地步，難道你還是一點也不同情我嗎？」

「哎呀，那些噴火還是洪水什麼的，我就是在祈禱著那些啊！」號誌燈小姐毫不猶豫地說。號誌燈先生聽了開心得樂不可支，樂到全身又喀噠喀噠地顫抖得更加厲害。

就連他身上那副紅色眼鏡也跟著一起在晃動。

「號誌燈小姐，為什麼你必須去死呢？吶，請告訴我。吶，請你告訴我吧。我一定會幫你趕走那個害你受苦的大壞蛋，所以請你告訴我是怎麼一回事吧！」

「因為你剛剛在發脾氣啊！」

「唔嗯，啊，你是在說那件事啊。呵呵，你誤會了，你不用再擔心那件事了。已經沒事了。因為我根本就沒有在發脾氣啊！只要是為了你，就算讓人摘下我的眼鏡，拉扯我的雙手，然後被迫墜入泥沼深淵裡，我也不會怨恨你的！」

「哎呀，真的嗎？我好開心！」

「所以請給我你的愛吧！來，請對我說你愛我吧！」

這個時候，五日的月娘正好現身在雲和山端的中間。號誌燈先生看起來神情一變，臉色宛如灰色幽靈一般地開口說：

「你又不說話了。你果然是討厭我吧。不過算了，反正我註定是要被噴火或是洪水強風給奪去生命了。」

「哎呀，你誤會了啊！」

「那不然是怎麼回事呢？怎麼回事？怎麼回事？」

「我從很久以前開始，腦中就只想著你了。」

「真的嗎？真的嗎？真的嗎？」

「是啊。」

「那這樣就沒問題了吧！請你和我許下結婚的承諾吧！」

「可是……」

「你在可是什麼呢？到了春天就可以拜託燕子幫忙，把我們的好消息傳達給大家知道，接著再來舉辦結婚典禮。請你和我許下承諾吧！」

「可是我只是個不起眼的女人啊！」

「這我當然知道。但是你的不起眼之處，就是我覺得最珍貴的地方。」

號誌燈小姐一聽，突然鼓起所有勇氣說道：

「可是你是用金屬做的吧。是新式的號誌燈啊。而且你還有兩副紅綠眼鏡，到了晚上又可以開電燈。我晚上用的可是油燈，眼鏡也只有一副，更何況我還是木頭做的啊！」

「這些我都知道，所以我才喜歡你啊。」

「哎呀，真的嗎？我好高興！我願意和你許下承諾！」

「啊，謝謝你，我好開心！我也願意和你許下承諾！你就是我未來的妻子！」

「是啊，沒有錯，我絕對不會改變心意。」

「我要來送你訂婚戒指了。來，你看看那四顆排列整齊的藍色星星。」

「嗯。」

「在最下面的星星旁邊，看得見一圈小小的環吧？那就是環狀星雲。請你收下那只光環吧。那就是我的真心。」

「好，謝謝你，我就收下了。」

「哇哈哈！真是太好笑了！你還真有兩下子啊！」

突然間，對面黑漆漆的倉庫發出了響徹雲霄的吼聲，讓兩人不禁安靜下來。

然而倉庫又繼續說道：

「哎呀，你們放心啦。我絕對不會把這件事洩漏出去的。我已經很明白你們的處境了。」

就在這個時候，月娘砰咚地沉入了山頭，周遭的景色頓時變得一片昏暗。

由於現在的風勢實在太過強勁，主線和輕便鐵道旁的電線桿似乎都坐立難安，大家全都像轉動的陀螺似地，發出嗡嗡咻咻的低吟聲。但即便如此，這天仍是晴朗無雲的好天氣。

就連主線號誌燈先生旁的胖電線桿，也沒有閒工夫再高唱莫名其妙的歌曲。他竭盡所能地縮緊身體，瞇起眼睛，和其他人一樣嗚嗚低鳴，假裝自己耐得住強烈風勢。

此時的號誌燈小姐，看著雲朵在東方那晃亮刺眼的青光中蹣跚而行，然後又偷偷偷地朝號誌燈先生那裡瞄了幾眼。號誌燈先生今天站得就像巡查[3]一樣直挺，他還趁著今天颳著強風，胖電線桿根本聽不到他聲音的機會，開口向號誌燈小姐說話：

「今天的風還真是強勁啊！你的頭會不會熱得發痛？我好像開始有點頭昏腦脹了。接下來我有好多話要跟你說，你聽了之後只要搖頭或點頭示意就好。反正就算你回答我，我這邊也聽不到你的聲音。要是覺得我的話題很無聊，就請你左右搖一搖頭。其實啊，這是歐洲人的一種溝通方式呢！在他們那邊，像我們這樣甜蜜的一對在說話時，為了不讓其他人知道對話內容，大家都會用這種方式來溝通哦！這是我在他們的雜誌上看到的。吶，那個混蛋倉庫真是個奇怪的傢伙吧。竟然突然就開口插入我們的話題，說什麼願意幫忙保守秘密，真是有夠厚臉皮，而且他今天一樣也在猛眨著眼睛呢！我雖然知道他在對親愛的你說話，可是因為風的關係，我完全聽不到他在說什麼。不過你差不多都聽得見吧？如果聽得見就搖一搖頭。對，就是這樣，你都聽得見吧。我好想快點跟你結婚啊。真希望春天可以早點到來。先別把這件事告訴我身邊那根臭桿子好了。等過一段時間後，再突然……嗚咳！啊啊，風

3日本警察位階中的階級之一，屬最基層的階級。

吹得我的喉嚨好不舒服。真的好痛啊。等一下再聊吧。我的喉嚨變得好痛。你有聽懂嗎？那就先這樣了。」

於是號誌燈先生一邊嗚嗚呻吟，一邊猛眨著眼睛，安靜了好一陣子。

號誌燈小姐也乖乖地等著號誌燈先生的喉嚨狀況好轉。電線桿們發出嗡嗡隆隆的聲響，風則是咻咻地吹著。

號誌燈先生吞著口水，噎噎啊啊地清了清喉之後，似乎總算平撫好喉嚨的痛楚，他便再度向號誌燈小姐開口說話。然而就在這個時候，風宛如巨熊般地大聲咆哮，周圍所有電線桿不停鏗鏗作響，彷彿滿山蜂窩被一口氣摧毀一樣，讓號誌燈先生好不容易才發出的聲音，只有一半能傳到號誌燈小姐的耳邊。

「吶，只要是為了你，我做得出任何事情。就算是要我在下一班火車到來時鼓起勇氣不放下橫木手臂，我也願意為你赴湯蹈火，在所不惜。你能了解我的覺悟吧？你應該也跟我一樣有著差不多的決心吧？你真的非常美麗。你想想看，我們在這個世界上擁有不計其數的同伴，其中大概有一半都是女人吧。而你就是裡面最美麗的女人。雖然我也不太清楚其他女人是什麼樣子，但我想的一定不會有錯。怎麼樣？你有聽到嗎？我們身邊的人全都是笨蛋和傻瓜啊！看看我身旁的這根臭桿子，他現在一定很納悶我到底跟你說了些什麼。你瞧，他正在拼命地猛眨著眼睛！這傢伙的身材可是比粉筆還要糟糕啊！你看，現在他的嘴巴竟然歪成了那副德性！真是令人傻眼的笨蛋啊！你有聽到我說的話嗎？你有聽到……」

「少爺，您從剛才開始就沒完沒了地在說什麼啊？而且居然還是跟那個號誌燈丫頭在說話。您到底是在竊笑什麼啊？」

在轟轟風聲中，主線號誌燈先生旁的電線桿氣急敗壞地發出驚天怒吼，嚇得號誌燈先生和號誌燈小姐一臉鐵青，趕緊挺直了原本朝向彼此彎曲的身體。

「少爺，請您告訴我吧。您有義務要回答這些問題。」

號誌燈先生總算重振好精神，心想著反正不管說什麼，最後都會被風聲給蓋過去，於是便一臉正經地說道：

「笨蛋，等我跟號誌燈小姐結婚，有了幸福美滿的生活後，我就會幫你找個粉筆新娘啦！」這段話立刻被位於下風處的號誌燈小姐聽得一清二楚，她一面害怕得不知所措，卻又一面忍不住笑了出來。主線號誌燈先生身旁的電線桿看到這一幕，當然是怒火中燒到無法言喻。他氣得全身顫抖，臉色鐵青地緊咬著下唇，然後立刻開始忙著尋找幫手，一找就往遙遠的東京那裡找去。接著他還問了位於下風處的輕便鐵道電線桿，關於號誌燈先生和號誌燈小姐究竟談了什麼，還有剛才號誌燈小姐到底是在笑什麼。

唉啊，這真是號誌燈先生一輩子的失策。在比號誌燈小姐更貼近下風處的地方，有根耳朵很靈的長長電線桿，雖然他一副像是什麼也不懂似地在看著天空，但其實剛才的對話內容都被他給聽見了。於是他馬上經由東京的線路，把內容全告訴了主線號誌燈先生旁的電線桿。主線號誌燈先生旁的電線桿咬牙切齒地聽著回報，等到全聽完了之後，他就像是瘋子似地怒吼道：

「可惡透頂！真是氣死我了！實在太誇張了！畜生！太過分了！畜生！喂，少爺，我也算是個男子漢啊，都被人瞧不起到了這個地步，我怎麼可能會乖乖地默不作聲？你們要是敢結婚的話就給我試試看啊！我們電線桿全體反對！更何況你們號誌燈柱有膽反抗鐵路局長的命令嗎？鐵路局長可是我的叔叔哦！有種就結婚看看啊！哼！狗男女！哼！」

主線號誌燈先生旁的電線桿立刻向四面八方發出電報，然後稍微改變了臉色，聆聽著來自各方的回覆。看來他似乎已經獲得眾人反對的聲音了。接下來他一定會拜託鐵路局長叔叔，安頓好所有事情。面對這一連串驚人的發展，號誌燈先生和號誌燈小姐都被嚇得魂飛魄散。當主線號誌燈先生旁的電線桿做好所有反對兩人婚事的準備後，他又突然一臉哭哭啼啼地說道：

「啊啊！這八年下來，我日以繼夜不眠不休地在照顧您，結果卻得到這種回報！啊啊，真是無情啊！這個世界已經全亂了！啊啊，一切都結束了！實在悽慘啊！就連美利堅合眾國的愛迪生大人也拋棄這個悲慘世界了嗎？轟轟轟轟，隆嗡隆——隆嗡隆——。」

強風越吹越猛烈，西邊天空莫名地變得朦朧白茫。正當大家覺得天氣很詭異的時候，突然就下起了紛飛白雪。

號誌燈先生整個人無精打采，臉色蒼白地站在那裡，然後默默瞥著眼看向溫柔的號誌燈小姐。號誌燈小姐一邊抽抽噎噎地在哭泣，一邊無力地放下橫木手臂，迎接正好行駛而來的兩點鐘火車。她那惹人憐愛的低垂肩膀，在微微地顫抖。風在空中呼嘯而行，不知眼淚為何物的電線桿們發出了隆嗡隆，隆嗡隆的聲響。

接著下來，就到了夜晚的時間了。號誌燈先生沮喪地佇立在原地。

雲被月光照耀得蒼白，散放出白晃晃的亮光，其中還浮現出小巧透亮的紅色及青色火光。天地萬籟俱寂，群山猶如年輕白熊貴族的屍體，靜靜地橫臥著白色身軀；在遙遙遠方，白日的殘風咻咻地呼嘯吹過。然而，一切仍是寂靜無聲。當黑色枕木全都進入了夢鄉，正在做著各種出現紅色三角形，還有黃色點點的美夢時，年輕又可憐的號誌燈先生輕輕地嘆了一口氣。多少因為寒冷而凍僵在原地，個性溫柔的號誌燈小姐也淡淡地嘆了嘆氣。

「號誌燈小姐，我們兩人還真是痛苦啊！」

按捺不住情緒的號誌燈先生，悄悄地向號誌燈小姐開口說話。

「是啊，大家都覺得我配不上你。」號誌燈小姐臉色慘白地低著頭說。

各位，這時候號誌燈先生的心裡一陣熱血沸騰。

「啊啊，號誌燈小姐，真希望我們兩個人可以一起遠走高飛，逃到沒有其他人在的地方！」

「是啊，要是我有辦法走的話，我願意跟你到天涯海角。」

「你看，在遙遠的天空上，在比我們那只訂婚戒指還要遙遠的天空上，有個小小的青藍色火光吧？吶，你看，那個地方看起來很遙遠吧！」

「是啊。」號誌燈小姐抬頭望向天空，彷彿像在用她嬌小的唇瓣親了那叢火光。

「那裡應該正在燃燒著青藍色的霧火吧！真想和你一起坐在那青藍色的霧火中啊！」

「嗯。」

「只不過那裡就沒有火車了。既然如此，我乾脆就來開墾田地吧。畢竟還是得要有個工作嘛。」

「嗯。」

「啊啊，星星之神啊！遙遠的青藍星星之神啊！求求你帶我們兩個人走吧！啊啊，慈悲為懷的聖母瑪利亞，還有悲天憫人的喬治．史蒂文生[4]，請聽聽我們悲哀的祈禱吧！」

「嗯。」

「來，我們一起祈禱吧！」

「嗯。」

「慈悲為懷的聖母瑪利亞，請看看站在清澈冷冽的夜空底下，佇立在寒天雪地

4 喬治．史蒂文生（George Stephenson），英國的發明家，被譽稱為「鐵道之父」。

上悲哀祈禱的我們吧！悲天憫人的喬治．史蒂文生，請聽聽在您之下又再更之下，來自悲哀靈魂的誠心祈禱吧！啊啊，聖母瑪利亞啊！」

「啊啊！」

群星靜靜地運行移動，那隻紅眼睛的蠍子正匆忙地眨了眨眼，現身在東方的天空上。當月娘聖母瑪利亞一邊用慈愛高貴的金黃眼神凝視著兩人，一邊沉入西邊的漆黑山頭時，號誌燈先生和號誌燈小姐也因為忙於祈禱累到睡著了。

現在時間來到了白天。若要問為什麼，這是因為夜晚和白天一定會不斷地互相交替。

閃亮耀眼的太陽公公從東邊山頭升起，號誌燈先生和號誌燈小姐都被陽光映照成亮麗的粉紅色。這時突然有個宏亮的聲音響徹在周圍。

「喂！主線號誌燈旁的電線桿！你趕快和你的鐵路局長叔叔談一談，讓那兩個人結為連理吧！」

定睛一看，原來是那天晚上的倉庫屋頂在說話。倉庫屋頂身披紅釉磚瓦，看起來就像穿著一身閃亮亮的鎧甲，在轉動著眼珠子端詳著四周。

主線號誌燈先生旁的電線桿喀噠喀噠地直發抖，一會兒後又全身僵硬地答道：

「哼！你說什麼？你憑什麼說這種話？」

「喂喂喂，你別跟我擺臉色嘛！喂，好了啦。如果真要說我是憑什麼說話，那我當然是有憑有據；如果說我是毫無根據在說話，那我就什麼憑據也沒有啦。只不過，像你這種奇怪傢伙，最好還是別插手管這種事比較好！」

「你說什麼？我可是號誌燈先生的監護人！而且還是鐵路局長的外甥哦！」

「這樣啊。那還真是了不起啊。原來你是號誌燈先生的監護人，又是鐵路局長外甥啊。既然如此，那要不要來跟我比比看啊？沒錯，本大爺我啊，不但是盲眼老鷹的監護人，還是感冒病人的外甥哦。怎麼樣？現在誰比較了不起啊？」

「你搞什麼！鏗啷，鏗啷鏗啷，咯啷！」

「好啦好啦，你不要那麼生氣嘛！我只是在開玩笑，你別想得那麼嚴重啦。你聽我說，那兩個人真的很可憐啊。差不多也該讓他們在一塊了吧。你這樣也未免太不懂事了。拜託你別說那種小心眼的話啦。等到了以後，大家一定會很羨慕號誌燈先生有位這麼了不起的監護人啊。你就成全他們，成全他們在一起吧！」

主線號誌燈先生旁的電線桿雖然想開口反駁，但是他實在太過氣憤，只能啪滋啪滋地發出聲響。沒料到電線桿會氣成這樣的倉庫屋頂嚇得傻在那裡，默默地望著電線桿的臉。太陽公公早已掛得老高，而號誌燈先生和號誌燈小姐又嘆了一口氣，彼此面面相覷。號誌燈小姐稍稍垂下眼，偷看著落在號誌燈先生白色胸口上，呈現青綠色的眼鏡影子，然後又突然別過眼神，緊盯著自己的腳邊在沉思。

今晚的天氣十分溫暖。

深深濃霧瀰漫在夜色中。

水藍色的月光透著濃霧靜靜地灑落而下，電線桿和枕木都已沉沉入睡。

號誌燈先生彷彿等待此刻許久似地嘆了一口氣，號誌燈小姐也是感慨萬千地輕輕嘆了嘆氣。

就在這個時候，號誌燈先生和號誌燈小姐在濃霧之中，聽到了倉庫屋頂那親切穩重的聲音。

「我真是同情你們兩位啊！今天早上我本來想幫你們一把，沒想到反而弄巧成拙了。實在是對不起你們啊！但是你們不用那麼擔心，因為我還有個好點子。你們兩人在濃霧中看不見彼此的臉，想必一定很寂寞吧？」

「是啊。」

「對啊。」

「這樣啊，那我就讓你們看得見彼此吧。聽好囉，你們兩個就乖乖地跟著我一起做！」

「好的。」

「好，那首先是阿爾法！」

「阿爾法──！」

「貝塔！」「貝塔──！」

「伽馬！」「伽馬───！」

「德爾塔！」「德爾塔───！」

這實在太不可思議了。號誌燈先生和號誌燈小姐竟然在不知不覺間，在黑夜中並肩站在一起了。

「哎呀，這是怎麼回事？周圍竟然是一片猶如天鵝絨般漆黑的黑夜啊！」

「是啊，真是不可思議！真的是一片黑漆漆！」

「不過算了，反正頭頂上還有滿天的星星。哎呀，星星都好大好亮啊！而且我從來沒看過這種模樣的天空。那些十三顆連貫的藍色星星原本是位在哪裡啊？我不但從來沒看過，也沒有聽說過這種星星啊！我們現在到底是在哪裡啊？」

「哎呀，天空運行得好快啊！」

「是啊。啊啊，那顆巨大的橘色星星現在要從地平線上升起來了。不對，那不是地平線，好像是水平線才對。是啊，這裡就是黑夜中的海灘啊！」

「哇啊，真是美麗啊！你看那海浪的青藍光芒！」

「是啊，那應該是打在岸邊的浪花吧。真是壯觀啊！我們過去看看吧！」

「哇，海水明亮得就像月娘的光芒一樣！」

「你看，水底有個紅色海星，還有銀色的海參呢！大家全都貼在水底，緩緩地在移動。你再看看那閃動著青藍光芒，在擺動芒刺的東西，那個就是海膽。海浪要打上來了，我們稍微後退一點吧。」

「好。」

「不曉得天空已經運轉幾回了？天氣突然變得好冷，海水好像都結凍了。就連海浪也沒有再打上來了。」

「不知道是不是因為海浪停歇的關係，我好像聽到了什麼聲音。」

「是什麼樣的聲音？」

「就是那個，很像夢境裡水車在轉動的聲音。」

「啊啊，對耶。就是那個聲音。是畢達哥拉斯學派[5]中天球運行的和音。」

「哎呀，周圍好像變得越來越朦朧白茫了。」

「因為就快要天亮了吧。啊，等一下！哦哦，真是不得了啊！我可以清楚看見你的臉龐了！」

「我也是！」

「是啊，現在終於只剩下我們兩人了。」

「啊，蒼白色的火焰燃燒起來了。地面跟海面都在燃燒著。可是我卻一點也不覺得熱。」

「因為這裡是天空啊。那是星星裡的霧火。我們兩人的願望實現了。啊啊，聖母瑪利亞！」

「啊啊！」

「地球真是遙遠啊。」

5由古希臘的數學家畢達哥拉斯（Pythagoras）所創立的社團組織。

「是啊。」

「不曉得地球是在哪一邊呢?現在身邊滿滿都是星星,都分不清哪邊是哪邊了。不知道我身旁那根臭桿子現在怎麼樣了?那傢伙其實還滿可憐的啊!」

「是啊。啊,火焰開始變得比較白了!現在正燃燒得一發不可收拾呢!」

「現在一定已經是秋天了吧。話說那個倉庫屋頂還真是親切呢!」

「我當然親切啊。」一陣粗獷的聲音突然說道。兩人回過神來,唉啊,原來他們一起做了一場夢。濃霧早已散去,滿天星星在忙碌地眨著藍光或橘光,漆黑的倉庫屋頂則是笑呵呵地站在他們對面。

兩人又輕輕地嘆了一口氣。

銀河鐵道之夜　銀河鉄道の夜

【一】午後的課堂

「各位同學，這白濛濛的東西有人説是河流，也有人説是牛奶流過的痕跡，大家知道這到底是什麼嗎？」黑板上掛著巨大的黑底星座圖，老師指著圖中從上到下，看起來霧茫茫的銀河問道。

卡帕奈拉舉起了手，緊接著又有四、五個人舉手。喬邦尼本來也想要舉手，但他卻趕緊打消這個念頭。喬邦尼記得他曾經在雜誌上看過，那些其實全都是星星，只不過喬邦尼這陣子在教室每天都在打瞌睡，不但沒有閒暇看書，也沒書可看，讓他覺得自己好像變得什麼事都不懂了。

然而老師早先一步發現到了這件事。

「喬邦尼，你知道答案吧。」

喬邦尼猛然地站起來。雖然站是站了起來，但他卻無法清楚地回答出答案。坐在前面座位的薩奈利回過頭看著喬邦尼，噗哧地笑了出來。喬邦尼已經慌張到滿臉通紅了。老師繼續對他說：

「用大型望遠鏡仔細觀察銀河，可以發現銀河大多是由什麼組成的呢？」

當然是星星啊，喬邦尼想。但他這次仍然沒辦法馬上答出來。

老師露出有些傷腦筋的神情，然後看向了卡帕奈拉，指名道姓地說：「卡帕奈拉，你來回答。」只見剛才還很有精神在舉手的卡帕奈拉，同樣也是扭扭捏捏地站起身，遲遲回答不出來。

老師訝異地看著卡帕奈拉好一會兒後，連忙開口說「好了，大家聽好」，同時自己用手指著星座圖。

「用高性能的大型望眼鏡來觀看這片白濛濛的銀河，就可以看見許許多多的小星星。對吧，喬邦尼？」

喬邦尼紅著臉點了點頭。喬邦尼的眼眶裡已經滿滿都是淚水了。是啊，我本來就知道，當然卡帕奈拉也知道。因為我就是在卡帕奈拉家裡，和他一起在雜誌上讀到的。卡帕奈拉看了那本雜誌後，還立刻跑到他那位博士父親的書房，拿了一本厚重的書來，翻到介紹「銀河」的地方。書頁上的漆黑照片中布滿許多白點，看起來美麗無比，我們兩個人都看得好入迷。卡帕奈拉絕對不可能忘記這件事。他之所以沒辦法立刻回答，是因為我最近早上和下午都要忙著工作，在學校沒辦法提起精神跟大家一起玩，和卡帕奈拉他們也變得很少聊天，同情我的卡帕奈拉才會故意不回答——喬邦尼一想到這裡，就覺得自己和卡帕奈拉實在是太可悲了。

老師繼續開口說道：

「如果將這條天河視為真正的河流，那些一顆顆小星星就是河流中的沙子和石粒；要是再把銀河想像成是條巨大的牛奶河，看起來就會更像是條天河了。換句話說，那些星星全都是漂浮在牛奶中的微小脂肪球；而河流的河水則是被稱為『真空』，能以某種速度來傳遞光線，太陽跟地球也都漂浮在其中。簡而言之，我們大家其實也都是居住在天河的河水裡。如同水越深就越顯藍的道理一樣，從天河中望向四周，在天河河底越深越遠的地方，看起來就會有越多星星聚集，讓天河彷彿一片白濛濛的。請各位同學看看這個模型。」

老師指著一個巨大的雙面凸透鏡，裡面裝著許多發光的沙粒。

「天河的形狀長得就像這個樣子。這些一顆顆發光的沙粒，就像我們的太陽一樣，都是可以自己發光的星星。假設我們太陽的位置位在天河正中間，而地球緊鄰太陽身邊。大家可以想像自己在夜晚時，站在凸透鏡的正中央觀周圍景色。就可以發現到這邊的鏡片比較薄，只看得到一點被視為星星的發光沙粒；而這邊和這邊的玻璃比較厚，看得到比較多的星星沙粒，位於遠處的星星就會變得又白又朦朧。這就是我們目前對於銀河的見解。因為現在已經要下課了，等到下次物理課的時候，我再告訴大家關於這個凸透鏡到底有多大，還有其中各種星星的故事。正好今天就是銀河祭，各位同學記得到外面好好觀察看看天空。今天的課就上到這裡，請大家把課本和筆記收起來吧。」

教室頓時充斥著課桌蓋開開合合，還有疊起書本的聲響。接著大家立正站起，向老師鞠躬行禮，然後離開了教室。

【二】鉛字印刷廠

喬邦尼走出校門時，有七、八個同學還沒打算要回家，一群人聚在校園一角的櫻花樹下，圍著卡帕奈拉在聊天。他們好像正在討論著要出發去採王瓜[1]，準備用來製作今晚在銀河祭上流放到河裡的藍光燈籠。

然而喬邦尼卻是大力地擺動著手，快步地走出了校門。街頭上家家戶戶都在忙著掛上紫杉葉做成的球，或是在檜木的枝頭上點燈，為今晚的銀河祭做準備。

喬邦尼沒有直接回家，他在街上轉了三個彎，走進一間大型鉛字印刷廠。有個人穿著鬆垮垮的白色襯衫守在大門口的櫃檯，喬邦尼向他行禮之後便脫下鞋子踏進室內，拉開盡頭的房門。雖然現在還是大白天，但裡面卻是燈火通明，一台台輪轉印刷機發出啪噠作響的聲音在運轉，還有許多頭上綁著布條或是戴著頭燈的人，一邊像在哼歌似地喃喃數著數字，一邊埋頭賣力地工作。

喬邦尼朝著坐在門口數來第三張高腳桌上的人走去，向他鞠躬致意。只見那個

1王瓜（Trichosanthes cucumeroides），葫蘆科括樓屬，多年生草本植物，果實呈紅色橢圓形狀。

人在架子上翻找了一會兒。

「你應該可以揀這麼多吧？」他說，然後遞給了喬邦尼一張紙條。喬邦尼在那個人的桌腳旁搬出一個又小又扁的盒子，然後蹲在對面燈光充足的鉛字牆面一角，用小鑷子開始揀起一個個宛如粟米般大的鉛字。有個穿著藍色圍裙的人經過喬邦尼身後說：

「唷，放大鏡小子，你早啊。」附近四、五個人聽到後不但沒有吭聲，也沒有轉過頭來看，只是冷冷地笑了笑。

喬邦尼頻頻揉著眼睛，不停地揀著鉛字。

六點鐘的鐘聲敲響後不久，喬邦尼拿著手上的紙條，核對了一遍扁盒裡滿滿的鉛字後，就拿去交給剛才那位坐在桌子上的人。那個人默默地收下扁盒，微微地點了點頭。

喬邦尼向對方鞠躬行禮後，便打開房門走向剛才的櫃檯。先前那位穿著白衣的人仍是不發一語，靜靜地把一枚小銀幣遞給了喬邦尼。喬邦尼一接過手，臉色頓時變得神采飛揚。他俐落地向對方行禮致意後，便立刻拿起放在櫃檯底下的書包往外頭衝去。喬邦尼精神奕奕地吹著口哨繞到麵包店，買了一塊麵包和一袋方糖，然後飛也似地跑了起來。

【三】家

喬邦尼一路狂奔回家，跑回位於巷弄裡的小房子。喬邦尼的家門口有三扇門，在最左邊的門扇前擺放著空箱子，裡頭種著紫色的羽葉甘藍和蘆筍，附近兩扇小窗子的遮陽簾則是還沒收起來。

「媽，我回來了哦。你的身體好一點了嗎？」喬邦尼脫著鞋子說。

「啊，喬邦尼，你工作很累了吧？今天天氣很涼快，我一整天都覺得身體還不錯。」

喬邦尼走進玄關，他的母親蓋著一條白色布巾，躺在門邊的房間裡休息。喬邦尼打開了窗戶。

「媽，我今天買了方糖回來，想說可以幫你加進牛奶裡。」

「啊，你先吃吧。我還不覺得餓。」

「媽，姊姊什麼時候走的？」

「大概三點左右吧。大家都幫我做了好多事。」

「媽媽的牛奶還沒有送來嗎？」

「看樣子好像還沒有送來啊。」

「我幫你去拿來吧。」

「我不急，你先吃吧。你姊姊回去前有用番茄做了點菜，就放在那裡。」

「那我就先吃了。」

喬邦尼從窗邊拿起那裝了番茄的盤子，配著麵包大口大口地吃了一會兒。

「媽，我想爸爸一定很快就會回來了。」

「我也是這麼覺得。不過你為什麼會這麼想呢？」

「因為今天早上的報紙，寫著今年北方的漁獲大豐收啊。」

「是啊，不過你爸爸說不定沒有出海捕魚。」

「他一定有去。畢竟爸爸不可能會做出要進監牢的壞事。之前爸爸捐給學校的大蟹殼還有馴鹿角，到現在都還放在標本室裡面。六年級他們上課的時候，老師還會輪流拿到各間教室去。前年修學旅行的時候（編註：宮澤賢治原稿此句以下空白）」

「你爸爸還說過下次會帶海獺的毛皮上衣給你呢。」

「大家每次看到我都會跟我說這件事。就像在嘲笑我一樣。」

「大家會說你的壞話嗎？」

「是啊，不過卡帕奈拉他絕對不會說我的壞話。每次大家在笑我的時候，他總會露出一副很難過的樣子。」

「聽說卡帕奈拉的父親跟你爸爸，也和你們一樣是從小大到大的好朋友呢！」

「是啊，所以爸爸也會帶我去卡帕奈拉家玩。那個時候真的好開心。在放學回家的路上，我常常會繞去卡帕奈拉家玩。卡帕奈拉家裡有個用酒精燈發動的火車，把七節鐵軌組合起來就能圍成一個圓圈，還附有電線桿和號誌燈。在火車要通過的時候，號誌燈就會變成綠色的。有一次因為酒精燈用完，我們就改用煤油，結果整個罐子全都被燻黑了。」

「這樣啊。」

「現在我每天早上還是會送報紙去他家哦。只是每次他家裡都是靜悄悄的。」

「因為是一大早嘛。」

「他家有隻叫札威爾的狗，尾巴長得就像掃帚一樣。每次我過去的時候，牠都會哼著鼻子跟在我後頭，一直跟著我走到街角，有時候甚至還會跟得更遠。今天晚上大家說要去河邊放王瓜燈籠，我猜那隻狗一定也會一起跟去。」

「對了，今晚是銀河祭嘛。」

「嗯，我去拿牛奶的時候會順便繞去逛逛。」

「好啊，你就去吧。小心別跑到河裡去了。」

「我知道，我只會站在岸邊看而已。我去逛個一小時就回來。」

「你就去多玩一會兒吧。如果有卡帕奈拉跟你在一起的話我就放心多了。」

「嗯，我一定會跟他在一起。媽，要不要我先幫你把窗戶關上？」

「好啊，麻煩你。天氣也開始變涼了呢。」

喬邦尼站起來關上窗，收拾好盤子跟麵包袋，然後快速地穿上鞋。

「那我一個半小時後回來哦。」他一邊這麼說，一邊走出黑暗的門口。

【四】半人馬座祭之夜

喬邦尼就像在吹口哨似地落寞地嘟著嘴，走下林立著濃密扁柏的坡道。

坡道下有一盞高大的街燈，散放著明亮的青白色燈光。當喬邦尼越往街燈的方向走，原本在他身後拉得又長又模糊、宛如妖魔鬼怪般的影子也變得越來越黑，輪廓越來越清晰，時而抬腳時而揮手，甚至還繞到了喬邦尼的身旁。

（我是輛威風的火車頭，這裡是下坡，所以我的速度很快哦。我現在就要越過那盞街燈了。你們看，我的影子就是圓規，它會像這樣繞一圈跑到前面來。）

就在喬邦尼一邊這麼想，一邊邁出大步走過那盞街燈時，他忽然看到白天才見過面的薩奈利穿著尖領新襯衫，從街燈對面的小暗巷走了出來，不經意地和喬邦尼擦身而過。

「薩奈利，你要去放王瓜燈籠嗎？」喬邦尼話都還沒有說完，薩奈利就已經在他身後大聲嚷著：

「喬邦尼，你爸爸要帶海獺上衣回來囉！」

喬邦尼頓時覺得胸口一陣發寒，耳邊還聽見嗡嗡作響的聲音。

「薩奈利，你什麼意思？」喬邦尼高聲回問，但是薩奈利早已走進對面那戶種著羅漢柏的人家裡。

（我又沒做什麼事情，為什麼薩奈利要對我說那種話？也不看看自己跑步的樣子就跟老鼠沒什麼兩樣。我什麼壞事都沒有做，薩奈利卻還要那樣對我說話，他還真是個笨蛋。）

喬邦尼一邊忙著在腦中胡思亂想，一邊走過裝飾著七彩燈火和樹枝的美麗街頭。鐘錶店點亮了燦爛的霓虹燈，貓頭鷹時鐘上鑲嵌的石頭紅眼睛，每隔一秒就會骨碌碌地擺動；海藍色的厚玻璃盤上盛放著五光十色的寶石，寶石就宛如星星一般地在緩緩運行，另一頭的銅製半人馬像也慢慢地繞轉而來。在這些中間有個黑色的圓形星座盤，上面裝飾著綠色的蘆筍葉。

喬邦尼忘我地凝視著那個星座盤。

這個星座盤比早上在學校看到的那張圖還要小得多，但是只要轉動圓盤，對齊好日期和時間，在那橢圓形當中就會顯現出當天的天空景象。而且在正中央的位置上，同樣也有一條呈現帶狀，從上分布到下的朦朧銀河，下方彷彿就像爆炸後會冒出微微蒸氣般的迷濛。在星座盤後方立著一座三腳架，上面放著金光閃閃的小型望遠鏡，而在最後面的牆上則是掛了一幅巨大圖畫，上面將許多天上的星座都描繪成奇妙的怪獸、蛇，還有魚或水瓶的模樣。喬邦尼呆站在那裡好一會兒，心想著：「天上真的擠滿了這些像是蠍子或勇士的東西嗎？啊啊，我真想去那裡到處看看。」

這時喬邦尼猛然想起母親的牛奶，便轉身離開了那家店。儘管窄小的上衣緊緊裹住喬邦尼的肩膀，但他還是刻意挺起胸膛，用力擺動著手臂走過街頭。

清透如水的空氣流動在街頭和商店裡，街燈被翠綠的冷杉和橡樹枝掩蓋，電力公司門口那六棵懸鈴樹都點著無數的小燈泡，看起來簡直就像是座人魚之都一樣。孩子們穿著才剛留下摺痕的新衣，用口哨吹著《巡星之歌》[2]，邊跑邊喊著「半人馬座啊，降下雨水來吧」，或是燃放青色煙火，玩得不亦樂乎。然而喬邦尼又深深地垂下了頭，一邊思考著跟那些歡樂氣氛毫無關聯的事，一邊急忙地趕往牛奶店。

不知不覺地，喬邦尼來到一處遠離城鎮的地方，這裡有好幾棵白楊樹都高大得像是漂浮在星空裡。他走進那間牛奶店的黑色大門，站在瀰漫著牛騷味的昏暗廚房

2宮澤賢治親自創作的歌曲。

前，脱下帽子道了聲「晚安」。屋子裡一片靜悄悄，好像沒有人在家的樣子。

「晚安，不好意思打擾了。」喬邦尼立正站好，又大聲地喚了一次。過了一會兒，有位看起來身體不是很好的老婦人緩緩走了出來，問喬邦尼有什麼事。

「不好意思，因為今天家裡沒有收到牛奶，所以我就直接過來拿了。」喬邦尼一鼓作氣地努力說道。

「現在家裡沒人在，你明天再來吧。」

老婦人揉了糅紅通通的眼睛，低頭俯視著喬邦尼。

「我媽媽她生病了，今天晚上一定要喝牛奶才行。」

「那請你晚一點再來吧。」老婦人才一說完，就已經轉身離去。

「我知道了。謝謝。」喬邦尼向她一鞠躬後，便走出廚房。

當喬邦尼想轉過十字路口的街角時，他看到在對面那座橋方向的雜貨店門口，交雜著幾個黑色人影和朦朧的白襯衫身影。只見六、七個學生吹著口哨，嘻嘻哈哈地走了過來，每個人手上都拿著王瓜燈籠。那些笑聲和口哨聲都十分耳熟，因為他們全都是喬邦尼的同學。喬邦尼嚇了一跳，下意識地準備掉頭就走，但他卻又臨時改變心意，鼓起勇氣走向大家。

「你們要去河邊嗎？」喬邦尼正打算開口這麼問時，他卻覺得喉嚨好像哽住了一樣。就在這個時候——

「喬邦尼要穿著海獺上衣來囉！」剛剛才遇到的薩奈利又開口喊道。

「喬邦尼要穿著海獺上衣來囉！」其他人也跟著一起大聲附和。喬邦尼滿臉通紅，不曉得該如何是好。就在他急著想離開現場的時候，他忽然發現卡帕奈拉也在那群人裡面。卡帕奈拉露出同情的神情，默默地微微笑了笑，彷彿在擔心喬邦尼會不會生氣似地望著他。

喬邦尼就像落荒而逃似地迴避掉那道目光。當卡帕奈拉的高大身影和他擦身而過後，那群人又紛紛開始吹起了口哨。就在喬邦尼準備轉過街角時，他轉頭一看，發現薩奈利正好也回過頭來望著他。卡帕奈拉跟著大家再度高聲吹著口哨，朝著對面那座若隱若現的橋走去。喬邦尼感到一股難以言喻的寂寞，忍不住飛也似地跑了起來。這時有一群用手摀著耳朵在哇哇大喊，還用單腳蹦蹦跳跳的小孩子們以為喬邦尼只是因為好玩才會開始奔跑，便興奮地在一旁鬼吼鬼叫。沒過多久，喬邦尼已經跑到黑漆漆的山丘上了。

【五】氣象輪柱[3]

牧場後面是座低緩的小山丘，在北方的大熊星下，那漆黑平緩的山頂朦朧不清，看起來似乎比平常還要低矮許多。

喬邦尼走上已被露水打溼的林間小徑，不停地往山丘上爬。在幽暗的野草以及奇形怪狀的樹叢間，那條小徑被一縷白色星光照耀得清晰可見。在草堆中還看得到閃爍著藍光的小蟲子，有片葉子就被蟲子的藍光照得透亮。在喬邦尼的眼裡，那抹亮光彷彿就像是剛才大家手上拿著的王瓜燈籠一樣。

穿過那片漆黑的松林和橡樹林後，天空頓時在眼前豁然開朗，閃亮的天河貫穿南北，還看得見山丘頂上的氣象輪柱。周圍盛開著不曉得是風鈴草還是野菊的花，撲鼻的花香讓人宛如身處夢境一般。喬邦尼還看到一隻啼叫的鳥兒，就這樣飛越過了山丘。

3原文為「天気輪の柱」，目前尚有各種解釋。一說為放置在東北地區的寺廟或墓地入口，中間嵌有轉輪的柱子，轉動柱子中的轉輪便可呼喚亡者，也可以用於占卜吉凶或天氣。另也有學者認為是指佛教《法華經》中的五輪寶塔，或是在日出日落時可見到的太陽光柱現象（Sun Pillar）。

喬邦尼來到山丘頂上的氣象輪柱底下，將熱烘烘的身體倒向冰涼的草地上。

在黑夜當中，燈火通明的城鎮就宛如美麗的海底龍宮，甚至還能隱約聽見孩子們的歌聲和口哨聲，以及斷斷續續的嬉鬧聲。風兒在遠方呼嘯，山丘上的野草也在靜靜搖擺，喬邦尼身上那件被汗水濡濕的襯衫也變得好冰冷。喬邦尼在這片遠離城鎮的草地上，眺望著遠處的漆黑原野。

原野上傳來了火車聲。只見小小的列車車窗，排成了紅紅的一列。一想到火車上的旅客有人削著蘋果，有人彼此談笑，大家各自在忙碌的情景，喬邦尼就感到一股難以言喻的悲傷，於是又再度抬頭望向了天空。

啊啊，那條白色的帶子全都是星星組成的呀！

然而不管喬邦尼怎麼左看右看，天空都不像老師說的那樣空曠又冰冷，甚至越看越像是一片有座小森林或是牧場的原野。接著喬邦尼又發現藍色的天琴星變成了三、四顆星星，在天上不停閃爍，一下伸腳一下縮腿，還伸展成像是香菇的形狀；就連眼底下的城鎮，喬邦尼也覺得宛如一片朦朧的群星，或者是一團巨大的煙霧。

【六】銀河站

喬邦尼身後的氣象輪柱，已在不知不覺間變成模糊的三角標[4]形狀，就像螢火蟲一樣時明時暗地閃爍了好一陣子。只見三角標的輪廓變得越來越清晰，最後終於一動也不動，凜然地聳立在鋼藍色的天空原野上。天空原野猶如剛燒好的藍色鋼板，氣象輪柱筆直地挺立於其中。

這個時候，喬邦尼聽到一陣奇妙的聲音在喊著「銀河站，銀河站到了」，他的眼前頓時猛然一亮，宛如有好幾億萬隻螢烏賊燈火一口氣變成化石，沉澱在天空當中；又彷彿像是有人翻找出鑽石公司裝作開採量不佳，為了保值而故意藏起來的鑽石，然後撒得到處都是。眼前突如其來的亮光，讓喬邦尼忍不住猛揉了好幾遍眼睛。

當喬邦尼回過神來，他才發現自己搭乘的小小列車，從剛才開始就轟隆隆地在向前行駛。原來喬邦尼正乘著夜間的輕便鐵道，坐在車廂裡望向窗外，車內還點著

4 三角測量覘標，一種用於測量的標架，多呈現三角錐的形狀。

一排小小的黃色電燈。車廂裡的藍色天鵝絨座椅都空蕩蕩的，眼前那面塗了灰色亮光漆的牆上，還有兩顆巨大的黃銅按鈕在閃閃發光。

喬邦尼發現有個穿著溼答答的黑衣，個子很高的小孩坐在他前面的座位，正探頭往車窗外張望。喬邦尼覺得這個人的背影十分眼熟，便著急地想弄清楚這個人究竟是誰。就在喬邦尼也想把頭伸出窗外的時候，那個孩子突然把頭縮回來，轉頭看了過來。

那個人就是卡帕奈拉。

當喬邦尼正想開口問卡帕奈拉是不是從剛才開始，他就一直坐在自己前面的時候，卡帕奈拉率先說道：

「大家追火車追了老半天，可是還是沒有趕上。薩奈利也是，他跑了好一陣子，結果也沒有追上來。」

（對了，我們現在是約好了要一起出去玩。）喬邦尼在腦中這麼想。

「要不要找個地方等大家呢？」喬邦尼問。接著卡帕奈拉說道：

「薩奈利已經回去了。他爸爸有來接他。」

不知為什麼地，當卡帕奈拉這麼說的時候，他的臉色好像有點發青，看起來似乎很難受的樣子。喬邦尼突然覺得自己好像在哪裡忘了什麼東西，心頭有點不太對勁，便閉上嘴沉默不語。

卡帕奈拉盯著窗外，已經完全恢復了精神，侃侃而談道：

「啊，糟糕，我忘記帶水壺來了。連素描本也忘了。不過沒關係，反正就快要到天鵝站了。我真的好喜歡欣賞天鵝。就算牠們飛到遠處的河邊，我一定也看得到牠們的身影。」接著，卡帕奈拉不停轉動著圓板狀的地圖仔細端詳。地圖中有一條鐵路沿著泛白的天河左岸，不停地往南延伸。這張地圖最厲害的地方，就是在宛如漆黑夜色的圓盤上，每一處車站和三角標，還有泉水跟森林等地方，全都散發著藍色、橘色、綠色等璀璨光芒。喬邦尼覺得自己好像曾經在哪裡見過這張地圖。

「這張地圖你在哪裡買的？這是用黑曜石做的吧？」

喬邦尼問道。

「我是在銀河站拿到的。你沒有拿到嗎？」

「啊啊，大概是我坐過了銀河站吧。那我們現在就是在這裡吧？」

喬邦尼用手指著天鵝站標誌的北方。

「對啊。啊，那片河岸是月夜嗎？」

兩人往那邊一望，銀色的天之芒草就遍佈在散放著青白光芒的銀河河岸上，隨著風沙沙作響，婆娑搖曳，掀起一陣陣波浪。

「那不是月夜，是銀河才對，所以才會閃閃發亮啊。」喬邦尼這麼說著，覺得開心到幾乎快要跳了起來。他用腳把地板踏得咚咚響，又將頭伸出車窗外，一邊用口哨高聲吹著《巡星之歌》，一邊拼命拉長脖子，想把天河的河水看個透徹。雖然喬邦尼剛開始怎麼也看不清楚，但是再定睛一瞧後，他發現這清澈的河水竟然比玻璃或氫氣都還要晶瑩剔透。不曉得是不是因為眼花，喬邦尼還能不時看見天河掀起亮紫色的細小波浪，閃爍著宛如彩虹般的光芒，無聲無息地潺潺流動。而在原野上，到處都豎立著磷光閃閃，璀璨美麗的三角標。三角標的模樣越遠越小，越近越大，遠處的是呈現清晰的橘色或黃色，近處的則是稍顯模糊的青白色；有的是三角形，有的是四邊形，甚至有的還是閃電或鎖鏈的形狀，形形色色地排列在原野上綻放光芒。喬邦尼興奮得心跳加快，用力地甩了甩頭。在那美麗原野上閃爍著藍光或橘光等繽紛光芒的三角標，各個都像是有了生命似地在搖曳顫動。

「我真的來到天上的原野了。」喬邦尼說。

「而且沒想到這輛火車竟然不需要燒煤炭。」喬邦尼把左手伸出窗外，看著前方的景色說道。

「應該是用酒精或電力來發動吧。」卡帕奈拉說。

轟隆轟隆轟隆，這輛美麗的小火車翻過天之芒草的風，越過天河的河水，穿過三角點的青白微光，永無止境地開往天涯海角。

「啊，龍膽花已經開了。現在已經是深秋了啊。」卡帕奈拉指著窗外說道。

在鐵路邊緣的低矮草地中，盛開著艷紫色的龍膽花，彷彿像是用月長石雕刻而成般的美麗。

「我跳下去摘一朵回來吧？」喬邦尼雀躍地說。

「沒辦法了吧，你看花都已經離那麼遠了。」

卡帕奈拉的話都還沒有說完，他們馬上又看到一大片龍膽花一閃而過。

緊接著接二連三地，外型像杯筒的黃蕊龍膽花宛如湧泉，宛如雨點般地掠過眼前。三角標的列隊聳立在原野上，散放著如煙如火的熱烈光芒。

【七】北十字星與上新世[5]海岸

「不曉得媽媽會不會原諒我。」

突然間，卡帕奈拉露出一副毅然決然的模樣，有點結結巴巴地邊咳邊說。

（啊，對了，我媽媽現在也在那遠如塵粒的橘色三角標附近想著我。）喬邦尼這麼想著，愣愣地沒有說話。

「只要能讓媽媽獲得真正的幸福，我什麼都願意做。但到底什麼才是媽媽最大的幸福？」卡帕奈拉彷彿就快要哭出來似地，拚命忍住淚水。

「你媽媽又沒有遇到什麼壞事啊！」喬邦尼驚訝地喊道。

「我不知道。不過只要是做真正的好事，對所有人來說都會是最大的幸福吧。所以我想媽媽一定會原諒我的。」卡帕奈拉看起來好像真的下了什麼決定的樣子。

忽然之間，車廂內頓時變得好明亮。仔細一看，在宛如聚集了鑽石和草露等一切耀眼事物的燦爛河床上，河水無聲無形地流過，而在水流的正中央，有一座照耀

5地質時間名稱，為第三紀中的第五個時期，始於約五百三十萬年前，在距今一百六十萬前年結束。

在青白光暈下的小島。在平緩的島頂上聳立著一座令人眼睛為之一亮，氣派雄偉的白色十字架。十字架彷彿像是用凍結的北極雲朵鑄造而成，籠罩在淨透的金色光環中，靜謐且永恆地佇立於此。

「哈雷路亞！哈雷路亞！」前前後後響起了此起彼落的歡聲。回頭一看，車廂內的旅客們全都站了起來，有人將黑色的聖經抱在胸前，也有人戴上水晶念珠，每個人都虔誠地十指交扣，朝著十字架在做禱告。喬邦尼和卡帕奈拉兩人看了，也不禁立正站好。卡帕奈拉的雙頰宛如熟透的蘋果，煥發著美麗光采。

過沒多久，火車就漸漸將那座小島和十字架拋向後方了。

對面的河岸同樣也散放著青白亮光，看起來煙靄茫茫。有時芒草會隨風翻飛，讓遍地的銀白一下子就變得霧濛濛，就像是有人吹了一口氣一樣；無數的龍膽花則是在草叢中若隱若現，彷彿一簇簇柔和的狐火。

在一轉眼間，天河與火車之間就被成排的芒草給掩蓋，天鵝之島只在後方現身兩下子之後，就逐漸地越離越遠，越變越小，宛如畫中之物。當芒草再度沙沙作響時，已經完全看不見天鵝之島的身影了。不知曾幾何時，有位身材高眺，披戴著黑色披巾，一副天主教徒打扮的修女就坐在喬邦尼身後的座位。她低垂著圓滾滾的碧瞳，好像在虔誠地傾聽遠處傳來的話語和聲音。旅客們都靜靜地回到座位上，而在喬邦尼和卡帕奈拉的心中，也滿懷著一股前所未有卻又近似悲傷的情緒。他們漫不經心地悄聲談著毫無關聯的話題。

「就快到天鵝站了呢。」

「是啊，會在十一點準時抵達哦。」

號誌燈的綠燈和模糊的白色柱子，都在窗外匆匆一閃而過，再來是轉轍器[6]前那猶如硫磺焰火般朦朧的燈火晃過車窗底下。火車漸漸開始放慢速度，月台上井然有序排成一列的電燈映入眼簾，然後慢慢變得越來越大，越來越多。喬邦尼和卡帕奈拉兩人的車廂，剛好就停靠在天鵝站的大時鐘前。

天氣秋高氣爽，時鐘盤面上那兩根燒製成藍色的鋼製指針，分毫不差地指向十一點。所有人都下了車，車廂內變得一片空蕩蕩的。

時鐘下面寫著「停車二十分鐘」幾個字。

「我們也下車去看看吧？」喬邦尼說。

6 鐵路道岔轉換軌道的裝置。

「走吧！」

他們兩人蹦蹦跳跳地衝出車門，跑向了剪票口。然而在剪票口只點了一盞明亮的紫色電燈，附近一個人影也沒有。張望四處，也不見站長或是戴紅帽的搬運工身影。

兩人來到車站前的小廣場，周圍環繞著宛如水晶雕刻的銀杏樹。廣場上有條寬闊的道路，筆直地通往銀河的藍光之中。

剛才先下車的旅客們都不知道去了哪裡，完全不見其他人的蹤影。喬邦尼和卡帕奈拉肩並著肩，一起走在那條白色道路上，兩個人影就像在四面有窗的房間中出現的兩根柱影，又像是一條條向四面八方投射的車輪輻條。他們走了一會兒之後，便來到剛才在火車上看到的優美河岸。

卡帕奈拉抓起一把美麗的沙子放在掌心，一邊用手指搓揉沙子，一邊像在作夢似地開口說道。

「原來這些沙子全都是水晶，裡面還有小小的火焰在燃燒。」

「是啊。」喬邦尼也恍惚地答道。他覺得自己好像曾在哪裡學過這個知識。

河岸邊的小石子晶瑩剔透，看起來的確就像水晶或黃玉，表面還滿是雜亂紋路，也像稜角會散發藍白霧光的剛玉。喬邦尼跑到那片河灘上，把手泡進水裡。奇怪的是，銀河的水竟然比氫氣還要清澈透亮，卻又確實有在流動。兩人泡在水裡的手腕周圍浮現淡淡的水銀色彩，而手腕掀起的水波則是泛起閃爍不定的美麗燐光，看起來真的就像在燃燒一樣。

往天河上游的方向望去，在長滿芒草的山崖底下，有許多宛如運動場般平坦的白色岩石，沿著河岸突出在河面上。在那邊有五、六個小小的人影，好像在挖掘或是掩埋什麼似的，一下站起一下蹲下，手邊的工具還不時地發出閃閃亮光。

「我們過去看看吧！」二人幾乎異口同聲地喊道，然後往那個方向跑去。在白色岩石處的入口，立著一塊光滑的陶瓷告示牌，上面寫著「上新世海岸」。而在對面的河灘上，則是處處豎立著鐵製的細欄杆，還擺放了精緻的木製長椅。

「哎呀，有個好奇怪的東西哦！」卡帕奈拉一臉訝異地停下腳步，從岩石上撿起一顆又黑又尖細，看起來像是核桃的東西。

「那是核桃啊！你看，這裡還有好多。這些核桃應該不是順著水流漂過來的，而是原本就在岩石裡面。」

「好大一顆哦！是一般核桃的兩倍大呢！上面還一點傷痕也沒有。」

「我們快去那裡看看吧！他們一定是在挖什麼東西。」

兩人拿著粗糙不平的黑色核桃，往剛才的方向繼續走近。在左手邊的河灘上，水波彷彿輕柔的閃電打向岸邊；在右手邊的山崖上，遍佈著宛如用銀子或貝殼做成的芒穗，正隨著風婆娑搖曳。

慢慢走近一看，有一位個子高大，戴著厚重的近視眼鏡，腳上穿著長靴，看起來一副學者打扮的人站在那裡。他一面忙著在筆記本上振筆疾書，又一面專注地指揮三名揮動著十字鍬和鏟子的助手。

「不要弄壞那個突起的地方！要用鏟子，用鏟子啊！等一下！稍微再間隔遠一點來挖！不行，這樣不行！你們怎麼都那麼粗魯啊！」

仔細一瞧，在那鬆軟的白色岩石當中，躺著一具巨大無比的青白色獸骨，有大半部分都被挖了出來。再小心翼翼地定睛觀察，可以發現那些留有兩個蹄印足跡的岩石，都被整齊地切割成十幾塊四角形石塊，上面還都分別註記了數字。

「你們是來參觀的吧？」那位像是學者的人推了推眼鏡，看向兩人問道。

「這裡有很多核桃吧。其實啊，那些全都是大約一百二十萬年以前的核桃哦！年代算是很最近的了。在一百二十萬年以前，也就是第三紀結束之後，這裡曾經是片海岸，從底下也能挖得出貝殼化石。現在河水流過的地方，以前也有海水在那裡漲潮退潮過。而這個大怪獸啊，牠的名字叫做原牛……喂喂喂！那邊不能用十字鍬！拜託你們小心一點挖啊！牠叫做原牛，就是現代牛的祖先，以前到處都有哦。」

「這些是要拿來做成標本嗎？」

「不是的，是為了拿來作為證明。對我們來說，有很多證據可以證明這片深厚雄偉的地層是在一百二十萬年左右前形成，但在別人眼中可能不是這麼一回事，他們或許覺得這裡只有風、水，還有空曠的天空而已。這樣聽懂了嗎？不過……喂喂！那邊也不可以用十字鍬！這裡的正下方可能就埋了肋骨啊！」學者慌慌張張地跑了過去。

「時間差不多了。我們走吧。」卡帕奈拉對了一下地圖和手錶時間說。

「不好意思，我們要先告辭了。」喬邦向學者深深一鞠躬。

「這樣啊，那就再見了。」學者又忙碌地走來走去，監督著工作進度。為了趕上火車，喬邦尼和卡帕奈拉在那些白色岩石上拚命地奔跑。而他們也真的跑得就像風一樣飛快，不但沒有氣喘吁吁，膝蓋也沒有發熱的感覺。

如果就這樣繼續跑下去，就算跑遍全世界也沒有問題。喬邦尼心想。

於是兩人跑過剛才的河岸，看著剪票口的電燈變得越來越大，才一轉眼的工夫，他們就已經坐回原本的車廂座位上，從窗戶看著剛剛經過的地方。

【八】捕鳥人

「我可以坐在這裡嗎？」

在兩人的身後，傳來一陣粗啞但親切的大人聲音。

對方是個臉上留著紅鬍子，彎腰駝背的男子。他穿著有點破爛的咖啡色外套，兩邊肩膀各背著一件用白色布巾包裹的行李。

「可以，請坐吧。」喬邦尼稍微聳了聳肩膀，向對方打招呼示意。那個人從鬍鬚間露出淡淡微笑，慢條斯理地將行李放到置物架上。這時不知怎麼地，喬邦尼突然感到十分寂寞又哀傷。當他默默地看了看正前方的時鐘時，從前方遠遠傳來像是玻璃笛音般的聲響。火車靜靜地開始發動了。卡帕奈拉正在張望著車廂的天花板，因為有隻黑色獨角仙停留在其中一盞電燈上，牠的影子在天花板上投射成了龐然巨物。紅鬍男子露出懷念的神情笑了笑，看著喬邦尼和卡帕奈拉的一舉一動。火車逐漸加快速度，芒草和天河在窗外相繼一閃而過。

紅鬍男子有些戰戰兢兢地問著兩人：

「你們兩個要去哪裡啊？」

「我們哪裡都去。」喬邦尼有些尷尬地答道。

「這樣不錯啊。這輛火車的確哪裡都到得了。」

「你要去哪裡？」卡帕奈拉突然一副像是要吵架似地問道，害得喬邦尼忍不住笑出聲。坐在對面座位頭戴尖帽，腰上掛著一副大鑰匙的旅客，這時也偷偷看向他們笑了出來，讓卡帕奈拉也不禁紅著臉大笑起來。不過紅鬍男子並沒有發怒，只是抽動著臉頰答道：

「我馬上就要下車了。我是做捕鳥生意的。」

「捕什麼鳥呢？」

「鶴或雁鳥，還有鷺鷥和天鵝。」

「這裡有很多鶴嗎？」

「有啊，牠們從剛剛開始就一直在鳴叫。你們沒有聽見嗎？」

「沒有。」

「現在還聽得到呢。來，你們豎起耳朵聽聽看吧。」

喬邦尼和卡帕奈拉張大雙眼，豎起了耳朵。兩人在轟隆作響的火車聲和芒草的風聲之間，聽見一陣宛如泉水湧出的咕嚕聲響。

「那要怎麼樣才能抓到鶴呢？」

「你是要問鶴嗎？還是要問鷺鷥？」

「我問鷺鷥。」喬邦尼答道，他覺得不管是哪一種都無所謂。

「那些傢伙抓起來一點也不麻煩。其實鷺鷥都是天河的沙子凝結而成，到時候都要回到天河來。所以我只要埋伏在河邊，看準鷺鷥像這樣放下腳準備著地的瞬間，再上前制伏牠們就好。鷺鷥被抓到後身體就會變得僵硬，然後安然地死去。接下來的步驟你們應該也都很清楚，就是只要壓扁乾燥就好了。」

「把鷺鷥拿去壓扁乾燥？是要做成標本嗎？」

「不是標本，大家不都是拿來吃的嗎？」

「好奇怪哦。」卡帕奈拉歪了歪頭。

「這沒有什麼好奇怪的啊。你們看。」那名男子站起身，從置物架上拿下包袱，然後迅速地解開。

「來，你們看看。這是我剛才抓來的。」

「真的是鷺鷥耶！」喬邦尼和卡帕奈拉忍不住大聲驚叫。包袱裡大約裝了十隻雪白的鷺鷥，身體就像剛才位在北方的十字架一樣雪亮。這些鷺鷥變得有些扁平，黑色的腳也全縮了起來，彷彿浮雕一般地排列在一起。

「鷺鷥的眼睛全都是閉著的耶。」卡帕奈拉用手指輕撫著鷺鷥那猶如新月般閉上的白色眼睛，而鷺鷥頭上長得像槍矛的白色羽毛仍是完好如初。

「看吧，我沒騙人吧！」捕鳥人疊著布巾，又一層層地把鷺鷥包裹起來，用繩子綁好。喬邦尼納悶著到底有誰會吃這種鷺鷥，然後開口問道：

「鷺鷥好吃嗎？」

「好吃啊，我每天都會收到訂單。不過相較之下，雁鳥就更熱賣了。雁鳥的塊頭比較大，更重要的是處理起來不費力。你們看。」捕鳥人又解開了另一個包袱。身上交織著黃色和青白色的花班，看起來宛如燈火一般在發光的雁鳥，也跟剛才看到的鷺鷥一樣變得有些扁平，嘴喙整齊地湊在一起排放在包袱裡。

「這些馬上就可以吃了。怎麼樣?你們吃一點看看吧。」捕鳥人輕輕地扯了一下黃色的雁腳後，雁腳便像巧克力一樣，輕而易舉地就被整個拔了下來。

「怎麼樣?你們吃一點吧。」捕鳥人將雁腳掰成兩半遞給他們。喬邦尼稍微嘗了一下味道後，心想：(怎麼回事?這根本就是糖果吧！比巧克力還要更好吃！可是這種雁鳥怎麼飛得起來啊?這個男人在別的原野上一定是開點心店的。可是我明明瞧不起這個人，現在卻吃著他的點心，這樣真是太過意不去了。)然而喬邦尼還是一口接一口地吃著雁腳。

「你們可以再多吃一點啊。」捕鳥人又把包袱拿了出來。雖然喬邦尼還想再多吃一點，但他還是客氣地回絕：

「沒關係，謝謝你。」捕鳥人聽了，便轉而遞給對面那位掛著鑰匙的人。

「不用了，這是你要做生意的商品，我怎麼好意思拿。」那個人摘下帽子說。

「你不用客氣。話說回來，你覺得今年候鳥的情況怎麼樣?」

「哎呀，今年好極了啊！在前天第二個時辰左右時，到處都有人打電話跟我說燈塔故障了，問我為什麼不按規定就隨便關掉燈塔的燈。真是的，我才沒有關燈，是那些候鳥都會成群結隊，一片黑壓壓地飛過燈火前面，我一點辦法也沒有啊！我就罵那些人『混帳東西，跟我抱怨那麼多有什麼用，有怨言就去跟那些穿著滿是羽毛的斗篷，嘴巴跟腳都細得不像話的臭傢伙說吧！』哈哈哈！」

因為少了芒草的阻擋，對面原野的亮光便忽地射了進來。

「為什麼處理鷺鷥比較費力呢？」卡帕奈拉從剛才開始就很好奇這件事。

「因為要吃鷺鷥的話……」捕鳥人轉過身面向這裡，「必須先把鷺鷥掛在天河的河光中十天左右，不然就是得埋進沙子裡三、四天。這樣一來，水銀就會全部蒸發掉，這樣才可以拿來吃。」

「那些又不是真正的鳥，只是普通的糖果吧？」卡帕奈拉鼓起勇氣問道。他的想法果然也跟喬邦尼一樣。此時捕鳥人突然驚慌失措地說：

「對了對了，我得要在這裡下車了！」他一邊說一邊站起來拿好行李，轉眼間就消失無蹤了。

「他跑去哪裡了啊？」

喬邦尼和卡帕奈拉面面相覷。燈塔看守人咧著嘴笑了笑，一邊稍微伸了個懶腰，一邊窺探著兩人身旁的車窗外。他們兩人也跟著往外一望後，發現剛才那個捕鳥人就站在一大片散放著黃色和青白色燐光的河原母子草[7]上，專注地張開雙臂凝望著天空。

「他跑到那裡去了。真是個怪人啊。他一定又是在捕鳥吧。真希望鳥兒能在火車發車前趕快飛下來。」說時遲，那時快，剛剛才看過的鷺鷥立刻出現在空蕩蕩的藍紫色天空中，伴隨著呱呱叫聲，宛如下雪般地成群飛落。捕鳥人露出一臉如他所料的表情，笑得樂不可支。他把雙腳張開呈六十度站好，用雙手接連抓住鷺鷥降落時縮起的黑腳，把一隻隻鷺鷥裝進了布袋裡。那些鷺鷥就像螢火蟲一樣放著藍光，在袋中閃爍了好一陣子，接著身體慢慢變得白茫茫，最後安詳地閉上眼睛。然而那些順利逃過一劫，平安降落在天河河灘上的鳥兒，數量倒是比被抓到的鳥兒還要更多。那些鳥兒們的腳才一碰到沙子，就宛如融雪一般地變得又小又扁平，轉眼間就如同熔爐流出的銅漿，在沙子和石礫上擴散開來，在沙地上顯現出鳥兒的輪廓。不過那些輪廓閃爍了二、三次光芒之後，顏色就變得跟周圍沒有什麼兩樣了。

捕鳥人大約抓了二十隻鷺鷥進袋後，突然雙手一舉，擺出了士兵中彈身亡的模樣。轉眼之間，那裡已不見捕鳥人的身影，反倒是喬邦尼的身旁傳來了某個似曾相

7 河原母子草（*Anaphalis margaritacea* var. *yedoensis*），菊科籟蕭屬，多年生草本植物，多生長於河岸沙地處。

識的聲音。

「啊啊，真是痛快。能有份適合自己的工作真是再好不過了。」定睛一看，捕鳥人已經把剛剛抓到的鷺鷥整理好，小心翼翼地一隻隻疊整齊。

「你為什麼可以一下子就從那裡過來啊？」喬邦尼疑惑地問著這個看似理所當然，但又好像不合常理的問題。

「哪有什麼為什麼？我就是想來就來啊！你們兩個才是從哪裡來的啊？」

喬邦尼原本打算立刻回答，但他卻怎麼樣也想不起自己是從哪裡來的。卡帕奈拉也是漲紅著臉，拼命地試圖回想。

「啊啊，你們應該是從很遠的地方來的吧。」捕鳥人露出一副恍然大悟的模樣，隨意地點了點頭。

【九】喬邦尼的車票

「這邊就是天鵝區的盡頭了。你們看，那就是有名的天鵝座β觀測站。」

看向窗外，在宛如漫天煙火般燦爛的天河中間，屹立著四棟黑色的巨大建築，在其中一棟建築的平屋頂上，有兩顆晶瑩剔透的大圓球正靜靜地在繞圈轉動。這兩顆圓球分別是用藍寶石和黃玉做成，美得令人眼睛為之一亮。黃球緩緩地繞向對面方向，比較小的藍球則是逐漸往這邊靠近，不久後兩顆圓球的邊緣開始相互重疊，形成了美麗的綠色雙面凸透鏡形狀。接下來凸透鏡中間的部分開始漸漸漲大，可以看到藍球終於繞到黃球的正前方，造就出中間呈現綠色，外圍還有一圈黃色光環的模樣。之後兩顆球又慢慢朝相反方向錯開，再度變回剛才凸透鏡的形狀，最後互相遠去。只見藍球繞到了對面，黃球則是往這邊移動，兩球又回到原本一開始的相對位置。漆黑的氣象站被無聲無形的銀河河水包圍，看起來彷彿就像在沉睡一般，靜靜地躺臥在那裡。

「那個是測量水速的機器。水啊……」就在捕鳥人話說到一半的時候——

「請出示車票。」戴著紅帽，身材高大的車掌突然站在三人的座位旁說道。捕鳥人默默地從衣服的暗袋中，拿出了一張小小紙片。車掌稍微看了看那張紙片，便立刻別過視線，對著喬邦尼他們伸出手動了動手指，示意兩人拿出車票。

「怎麼辦啊？」就在喬邦尼不知所措地在傷腦筋的時候，卡帕奈拉卻一派輕鬆地拿出一張小小的灰色車票。喬邦尼看了，整個人慌了手腳。他把手伸進自己的上衣口袋，猜想著裡面說不定也放著車票，但最後卻只摸到一張摺疊好的大紙片。喬邦尼納悶地想著口袋裡什麼時候放了這樣東西，然後急忙地拿出來打開一看後，發現那是一張折成了四折，差不多明信片大小的綠色紙張。畢竟車掌已經伸出手在一旁等著，喬邦尼也不管三七二十一地遞出了那張紙。車掌一收下後，便站直了身體，謹慎地打開紙片端詳。車掌一邊看一邊頻頻重整上衣鈕扣，坐在底下的燈塔看守人也好奇地在探頭偷看。喬邦尼心想那應該是什麼證明書，胸口不禁變得有些燥熱。

「這是你從三度空間帶來的嗎？」車掌問。

「我不知道那是什麼東西。」喬邦尼發現已經沒事之後，便放下了心頭大石，抬頭看向車掌咯咯地笑了笑。

「我明白了。在約三個時辰後就會抵達南十字站了。」車掌把紙片還給喬邦尼後便往另一邊走去。

卡帕奈拉急忙地探出頭，迫不及待地想知道那張紙片到底是什麼東西。當然喬邦尼一樣也想趕快看個究竟。在那張紙上，滿滿一整面都是黑色的捲草圖紋，還印了十幾個奇形怪狀的文字。默默注視這張紙時，整個人彷彿就像是要被吸入其中。這時一旁的捕鳥人瞄了瞄紙片，便慌張地說：

「哎呀！這東西不得了呀！有了這張車票，就可以前往真正的天上世界啊！不只是天上，這還是無論哪裡都能暢行無阻的通行證。原來你們身上有這樣東西，怪不得可以坐著這輛不完全幻想的四度銀河鐵道來去自如！想必兩位一定是了不起的大人物吧！」

「我完全搞不清楚這是怎麼一回事。」喬邦尼滿臉通紅地回答著，把那張紙折好收回口袋，然後一臉難為情地別過頭，繼續和卡帕奈拉一起望著窗外。儘管如此，喬邦尼還是能隱約察覺那位捕鳥人，會不時欽佩地在偷看他們。

「就快到老鷹站了。」卡帕奈拉看了看在對岸排成一列，三個青白色的小小三角標，然後對照著地圖說道。

這時喬邦尼不禁莫名地開始同情起坐在旁邊的捕鳥人。這個人一下子因為抓到鷺鷥而樂不可支，用白色布巾把鳥兒給包裹起來；一下子在旁邊偷看別人的車票，驚訝又慌張地開口讚嘆。一想到這些種種經過，喬邦尼突然覺得自己願意為這位萍水相逢的捕鳥人，獻出自己身上的所有東西或食物；只要這個人能夠獲得幸福，喬邦尼甚至願意站在那燦爛的天河河岸為他捕捉鳥兒，就算站上百年也甘願。越想越覺得坐立難安的喬邦尼，便打算直接問捕鳥人到底想要什麼。當然喬邦尼也明白這樣太過唐突，只好不知所措地回頭一望，卻發現原本坐在旁邊的捕鳥人早已消失無蹤，就連置物架上的白色行李也不見了。難不成捕鳥人又跑到外面站穩著腳步，面向天空做好抓鷺鷥的準備了嗎？喬邦尼連忙往窗外一望，卻只看到璀璨美麗的遍地沙石，還有白濛濛的芒草波浪，遍尋不著捕鳥人的高大身影和他頭上的尖帽。

「那個人去哪裡了啊？」卡帕奈拉也愣愣地這麼說。

「就是說啊。不曉得要去哪裡才能再見到他。我還想和他再多聊一點。」

「是啊，我也是這麼想。」

「剛開始我還覺得那個人很礙眼。一想到這裡就讓我覺得很難受。」喬邦尼有生以來第一次體會到這種奇怪的心情，他也從來沒有說過這樣的話。

「我好像聞到一股蘋果的香氣。是因為我現在正在想著蘋果的關係嗎？」卡帕奈拉一臉不可思議地四處張望。

「真的有蘋果香耶。還聞得到一點野薔薇的香氣。」喬邦尼也看了看周圍。不過這股氣味似乎是從窗外飄進來的。現在是秋天，不可能聞得到野薔薇的花香才對。喬邦尼這樣想著。

就在這個時候，他們眼前突然出現一位年約六歲，有一頭烏黑亮髮的小男孩。他敞開著紅夾克的鈕扣，臉上露出十分驚恐的表情，光著腳全身發抖地站在那裡。小男孩身旁有一位穿著筆挺黑西裝，個子高大的青年。他緊緊牽著小男孩的手，身姿宛如挺立在疾風中的櫸樹一樣。

「奇怪，這裡是哪裡啊？哎呀！好漂亮的地方哦！」在青年身後還有一位年約十二歲，有雙咖啡色眼睛的可愛女孩。她穿著黑色的外套，挽著青年的手臂一臉驚奇地看著窗外。

「啊啊，這裡是蘭開夏吧。不對，應該是康乃狄克州。這也不對。對了，我們來到的地方是天空，我們要準備去天上了。你們看，那個就是代表天上世界的標誌。大家已經不用再害怕了。因為神就要召喚我們回去了。」黑西裝的青年喜孜孜地對著小女孩說。然而不曉得為什麼，青年的額頭上浮現出深深皺紋，看起來十分疲憊的樣子。他露出勉強的笑容，讓小男孩坐上喬邦尼旁邊的位子。

接著他又溫柔地向小女孩指了指卡帕奈拉旁邊的座位，小女孩便聽話地坐上那個位子，乖巧地交疊著雙手。

「人家要去找姊姊。」小男孩才一坐下，便神色怪異地朝著坐在燈塔看守人對面的青年說道。青年露出難以言喻的悲傷表情，靜靜地看著小男孩捲曲濕漉的頭髮。小女孩則是突然用雙手摀著臉，抽抽噎噎地哭了出來。

「爸爸和菊代姊姊還有好多好多工作要做。但是他們之後很快就會跟上來的。而且媽媽應該已經等你們等了好久了吧。她一定在想著寶貝小忠在唱著什麼歌，還有在下雪天的早上有沒有跟大家手拉手，一起繞著庭園草叢在玩耍。媽媽一直都在天上擔心地等著你們，所以我們要趕快去見她才行。」

「嗯。但要是我沒坐上那艘船就好了。」

「是啊，不過你瞧，天空很漂亮吧。你看看那條壯觀的河。在某個夏天，我們在睡前唱著『一閃一閃亮晶晶』的時候，都覺得窗外的夜空看起來白茫茫的吧。那裡就是白茫茫的夜空啊！你看，很漂亮吧！閃亮的不得了呢！」

原本在哭的姊姊也用手帕擦擦眼睛，望向了外面。青年彷彿像是在開導小姊弟一樣，又輕聲地向他們說道：

「我們已經不需要再難過了。在這麼美好的地方踏上旅程，很快就會抵達神的身邊了。那個地方一定芬芳又明亮，還有很多了不起的人物。而那些代替我們坐上小艇的人們一定都會得救，回到焦急等待著他們的父母身邊，回到他們自己的家。來，時間已經差不多了，我們一起打起精神，開心地唱著歌出發吧。」青年摸了摸男孩的濕漉黑髮，安慰著小姊弟，他的臉色也漸漸變得容光煥發。

「你們是從哪裡來的？發生了什麼事嗎？」剛才的燈塔看守人似乎稍微有了頭緒，開口問了青年。青年淡淡地笑著說：

「也沒什麼，就是我們坐的船撞上冰山沉沒了。這兩個孩子的爸爸因為有急事，在兩個月前就先一步回國，而我們是隨後才出發的。我是個大學生，也是他們的家庭老師。就在我們搭上船的第十二天，也就是今天或是昨天的時候，船撞上了冰山，船身一下子就變得傾斜，幾乎就快要整個沒入水中。當時雖然有朦朧月光照耀，但是海上卻是濃霧瀰漫。由於左舷那邊的小艇幾乎半數都無法使用，所以沒辦法讓所有人都坐上小艇逃生。只見船就快要沉沒，我就拼命地喊著要大家讓這些孩子坐上小艇，周圍的人聽了也都立刻讓出一條路，並且一起為孩子們祈禱。然而就在我們準備走到小艇那裡時，看到現場還有很多年紀更小的孩子跟他們的父母親，讓我實在沒有勇氣推開那些人。可是當我一想到自己的義務就是要讓他們姊弟倆得救，我還是決定推開前面的孩子。但此時我突然覺得，與其為了拯救他們而做到這個地步，不如大家一起前往神的身邊才是真正的幸福。不過我還是希望他們能夠獲救，即使要我獨自承受違背神明旨意的罪行也甘願。只是當我看到眼前的情景，我發現自己仍然無法做到這件事。讓孩子擠上小艇的母親瘋狂地送上吻別，父親則是努力忍著悲痛呆站在一旁，場面實在哀戚。這時候船開始迅速地沉入海中，我便抱緊他們兩人做好覺悟，等待船沉沒那一刻，打算之後能漂多遠就漂多遠。當時好像有人丟來了一個救生圈，但是救生圈隨著船身一下子就滑到了另一邊，我只好拼命拆下甲板上的一塊木板，三個人一起牢牢地抓著它。突然之間，不知道從哪裡傳來了（編註：宮澤賢治原稿此處有兩字空白）[8]的樂聲，眾人們也用各國語言跟著齊聲合唱。這時候猛然一陣巨響，我們便隨即落入了水中。我緊緊抱著他們兩個，心想著自己正被吞沒到漩渦裡，然後一晃眼之後，我們就出現在這裡了。這些孩子的母親在前年去世了。是啊，小艇上的人一定都會得救的，因為小艇上有技術熟練的船員，能夠帶著大家迅速離開船邊。」

喬邦尼和卡帕奈拉聽到周圍傳來細小的禱告聲，讓他們也朦朧地回想起許多曾

8 這邊是在講鐵達尼號沉船的事件，提到的樂聲就是鐵達尼號沉船時船上樂隊在最後演奏的聖歌《Nearer, My God, to Thee》。但這是後人由各種不同版本推敲而出，原文並沒有提及是什麼歌曲。

經忘掉的回憶，兩人不禁紅了眼眶。

（啊啊，那片大海就叫做太平洋吧。有人在那流動著冰山的極北之海上搭著小船，與冷風和結凍的潮水對抗，與冷冽刺骨的寒氣搏鬥，全力以赴地在拼命工作。我真為那個人感到難過，心裡也覺得好過意不去。我究竟能為他的幸福做些什麼事呢？）喬邦尼垂著頭，心頭鬱鬱寡歡。

「我不懂什麼才叫做幸福。但是無論面對多麼令人難受的事情，只要我們循著正確的道路前進，就算一路上崎嶇難行，也一定會一步步地往真正的幸福靠近。」

燈塔看守人安慰地說。

「是啊，說的沒錯。大家必須要先經歷過各種傷痛，才能夠獲得最大的幸福。」

青年像是在禱告似地回答。

那對小姊弟精疲力盡地倚靠著座椅，沉沉地睡去。原本光著雙腳的小男孩，也在不知不覺間穿上了潔白柔軟的鞋子。

火車轟隆隆地開往燐光閃閃的河岸。轉頭望向對面車窗，原野的風景看起來就宛如一張張幻燈片。他們眼前出現成千上百個大大小小的三角標，也看到大三角標上打著點點紅光的測量旗，數量龐大到宛如一片布滿在原野的青白色迷霧；在離原野更遙遠的地方，會不時地冒出各式各樣看似朦朧烽火的煙霧，然後接二連三地被打上美麗的藍紫色天空。在那淨透的清風當中，還瀰漫著濃濃的薔薇香氣。

「怎麼樣？你們從來沒見識過這種蘋果吧！」坐在對面的燈塔看守人手邊，突然出現了好幾顆金色和紅色，漂亮又鮮豔的新鮮大蘋果。他把蘋果堆在大腿，雙手擋在膝蓋上預防蘋果掉落。

「哎呀！這是哪裡來的蘋果啊？長得真是漂亮！這裡有出產這麼美的蘋果嗎？」青年看起來十分驚訝，一下瞇眼一下側頭，忘我地端詳著燈塔看手人手上的蘋果。

「沒什麼啦，你拿去吧。請你務必收下。」

青年拿了一顆蘋果，然後朝喬邦尼他們那邊稍微看了一下。

「那邊的小少爺們意下如何？兩位也來拿蘋果吧。」

喬邦尼聽到自己被喚作小少爺有些生氣，便故意默不作聲，但卡帕奈拉卻開口道了聲「謝謝」。青年拿了兩顆蘋果分別遞給他們兩人，喬邦尼也只好站起來跟他道謝。

總算騰出雙手的燈塔看守人，在熟睡的小姊弟膝上輕輕地各放了一顆蘋果。

「真是謝謝你。這些漂亮的蘋果是哪裡來的啊？」

青年仔細地端詳著蘋果問道。

「在這一帶當然有人務農，大部分的人都能自然而然地獨自種出品質優良的農作物。畢竟農業又不是多麼費力的產業，只要播下自己喜歡的種子，一個人也能夠大豐收。比方說這裡的稻米，就像靠太平洋海岸的米一樣沒有稻穀，米粒也是一般的十倍大，聞起來香氣十足。不過，你們幾個要去的地方已經沒人在務農了。無論是蘋果還是餅乾點心都不會留下任何一點殘渣，全都會依個人體質而轉化成不同香氣，然後透過毛孔四散出去。」

這時候小男孩突然睜開雙眼說道：

「啊啊，我剛才夢到媽媽了。媽媽她啊，待在一個有漂亮大書架，還有很多書的地方哦。媽媽她還對我伸出手，一直笑瞇瞇地看著我。我跟媽媽說我要撿蘋果給她，結果就醒過來了。啊，這裡就是剛才的火車裡吧！」

「那顆蘋果就在這裡哦。是這位叔叔送給你的。」青年說。

「謝謝叔叔。咦？小薰姊姊還在睡啊，我來叫醒她吧。姊姊，你看！有人送我們蘋果哦！你快起來看看！」

小姊姊笑著睜開眼，雙手擋在眼前遮住刺眼的光線，然後看了看那顆蘋果。小男孩就像在吃派似地啃著蘋果，好不容易整齊削好的蘋果皮宛如紅酒開瓶器，呈現一圈圈的螺旋形狀，還沒垂落到地上，就倏地發出灰色光芒蒸發消失。

喬邦尼和卡帕奈拉兩人小心翼翼地把蘋果收進了口袋裡。

在天河下游的對岸，有一片茂密蓊鬱的樹林，枝頭上結滿成熟紅潤的圓果。在那片樹林中央矗立著一座高高的三角標，從森林深處還傳來交織著鐵琴和木琴的美妙樂聲，動聽得令人難以言喻。樂聲彷彿融合在風中，隨風飄蕩而來。

青年打了一陣哆嗦，全身都在發抖。

側耳聆聽那陣樂聲，眼前彷彿鋪展了一片黃色和淡綠色的明亮原野或地毯，又像是潔白如蠟的露水擦過了太陽表面一樣。

「你們看，有烏鴉！」坐在卡帕奈拉身旁，那位名叫小薰的小女孩大喊。

「那不是烏鴉，是喜鵲才對。」卡帕奈拉又不禁使出像在罵人的口吻喊道，讓喬邦尼忍不住笑了出來，小女孩則是露出一臉尷尬的模樣。一大群黑色的鳥兒成群結隊地停在河岸的銀白光芒上，一動也不動地沐浴在天河的微光中。

「真的是喜鵲耶。因為牠們的後腦勺都挺立著長長的羽毛。」青年像是在打圓場似地說。

剛才還在對面綠林中的三角標，現在已經來到火車的正前方了。此時從遙遠的火車後方，傳來了那首熟悉的（編註：宮澤賢治原稿此處有約兩字空白）[9]號聖歌。聽起來似乎有不少人正在齊聲合唱。只見青年頓時臉色發青，起身想往歌聲的方向走去，但他想了一想後又坐回了原位上。而小薰則是用手帕摀住了臉，就連喬邦尼也莫名地感到一陣鼻酸。然而，那不曉得是從何時開始，也不知道是誰先開始唱起的歌聲變得來越強烈清晰，最後連喬邦尼和卡帕奈拉也不由自主地一起開口合唱。

那片橄欖綠的樹林，在無形天河的對岸閃爍著漕漕光芒，往火車後方漸漸遠去。從樹林中傳來的奇妙樂聲，也慢慢地被淹沒在火車聲和風聲當中，逐漸微不可聞。

9同樣也是前面提到的聖歌《Nearer, My God, to Thee》。但這首聖歌號碼沒有統一，依年代或國家不同，號碼也有所差異。例如宮澤賢治當時的年代是３０６號，現在日本普遍則是３２０號。但關於這部分原文中並沒有提及，而是保留空白。

「啊，有孔雀！」

「是啊，有好多孔雀哦！」小女孩回答。

喬邦尼在那早已變得越來越小，小到宛如一顆綠色貝殼鈕扣的森林上方，不時會看到孔雀張合羽翅時閃爍出的青白色反光。

「對了，我剛才好像有聽到孔雀的叫聲。」卡帕奈拉向小薰說道。

「是啊，聽起來大概有三十隻左右吧。那宛如豎琴樂音的聲音就是孔雀叫聲啊。」小女孩回答。喬邦尼頓時感到一股難以言喻的寂寞，讓他差點就要一臉凶狠地脫口說：「卡帕奈拉，我們跳下去這裡玩玩吧！」

眼前的天河一分為二，在那一片漆黑的島中央有座高高的樓台，上頭還站著一位身穿寬鬆衣服，頭戴紅帽的男子。他雙手拿著紅色和藍色的旗子，抬頭仰望天空在發著信號。喬邦尼看到那個人先是使勁地揮舞紅旗，然後又突然把紅旗放下藏在身後，再高高舉起藍旗，彷彿交響樂團的指揮一樣開始猛力地揮動起來。過沒多久，空中便傳來像是下雨似的沙沙聲響，有一大群一大群黑壓壓的東西，宛如砲彈一般往天河的另一邊飛去。喬邦尼不假思索地把上半身探出窗外，抬頭望著那個方向。在寬闊美麗的藍紫色天空下，竟然有上萬隻小鳥此起彼落地在啼叫，一組組成群結隊地忙著飛過天空。

「有小鳥飛過去了！」喬邦尼在窗外說。

「我看看！」卡帕奈拉也看向了天空。就在這個時候，樓台上那位身穿寬鬆衣服的男子突然舉起紅旗，瘋狂地揮舞了起來。頓時間鳥群們通通不再飛過，同時還聽見天河下游傳出一陣倒塌的啪鏗巨響。就在一陣寂靜之後，那位紅帽男子又忽然揮起藍旗大聲喊叫。

「候鳥們！就是現在！候鳥們！就是現在！」男子的聲音同樣也是清晰無比。隨著這陣叫喊聲，上萬隻鳥群再度筆直地飛越過天空。在那扇喬邦尼和卡帕奈拉探著頭的中間窗戶，小女孩也跟著一起伸出頭望著天空，雙頰閃耀著美麗的光輝。

「哇！有好多小鳥哦！哎呀！天空真是漂亮！」小女孩對著喬邦尼這麼說，但喬邦尼卻覺得她太得意忘形，感覺很討人厭，便故意一語不發地望著天空。小女孩輕輕地嘆了口氣，默默地回到了座位上。卡帕奈拉面帶同情地把身子縮回車廂，然後看了看地圖。

「那個人是在指引小鳥嗎？」小女孩悄聲問著卡帕奈拉。

「他是在對候鳥打信號。一定是因為哪個地方升起了狼煙吧。」卡帕奈拉不太把握地回答後，車廂內便陷入了寂靜。雖然喬邦尼也很想把頭伸回來，卻又覺得在明亮的地方露臉很尷尬，所以只好默默地按捺情緒，站在原地開始吹起口哨。

（為什麼我會覺得這麼難過呢？我的胸襟應該要再更大更廣闊才對。在遙遠的河岸那裡，能看見宛如煙霧般微弱的藍色火光，看起來實在寂靜又淒涼。我要仔細看著那道火光，好好平復心情。）喬邦尼兩手按著發熱疼痛的腦袋，眺望著河岸的方向。（唉啊，難道都沒有人要和我一起走到天涯海角了嗎？卡帕奈拉跟那個小女孩聊得那麼開心，實在讓我看得好難受啊！）喬邦尼的眼眶裡堆滿淚水，天河也看起來一片白茫茫，彷彿離自己好遙遠。

這時火車已經漸漸駛離天河，奔馳在山崖上了。在對岸同樣也有座黝黑的山崖，而且越往河岸下游前進，山崖地勢也會跟著逐漸高聳。恍然之間，喬邦尼突然看到眼前閃過了巨大的玉米樹。在那蜷曲的葉片底下，巨大美麗的綠色苞葉正吐著紅鬚，宛如珍珠般的玉米粒也隱約可見。只見玉米樹的數量開始變得越來越多，現在已經成群結隊地排列在山崖與鐵路之間。喬邦尼忍不住從窗外把頭縮了回來，往對面的車窗望去。在美麗的天空下，一棵棵壯碩的玉米樹遍佈到了地平線盡頭，隨著風恣意擺動；沾滿在蜷曲葉梢上的露珠，看起來彷彿就像吸收了充足日光的鑽石，閃爍著時紅時綠的璀璨光芒。「那些是玉米吧！」卡帕奈拉對著喬邦尼這麼說，但是喬邦尼的心情仍舊沒有好轉，只是淡淡地望著原野應了聲「大概吧」。這時候火車慢慢靜了下來，越過好幾盞號誌燈和轉轍器的燈光，然後停在一座小小的車站。

車站正門口的青白色時鐘分毫不差地指著第二個時辰。風靜止了，火車也停下了，在萬籟無聲的原野上，只剩下這座時鐘的鐘擺正滴答滴答地紀錄著正確時間。

在鐘擺聲響的停頓處之間，可以聽到從遙遠的原野盡頭，隱約地飄來了絲絲的旋律聲。「是新世界交響曲！」小姊姊望向這一邊，自言自語般地輕聲說道。在整個車廂裡面，無論是那位高大的黑衣青年還是其他人，所有人都沉浸在甜美的夢境當中。

（在這麼寧靜舒適的地方，為什麼我卻不能讓心情更愉快呢？為什麼我會感到這麼孤獨悲傷呢？卡帕奈拉真是太過分了，他明明跟我一起坐火車，卻只顧著跟那個小女孩聊天，我實在太難過了。）喬邦尼再度用雙手遮住了半邊臉，凝望著對面的窗外景色。一陣宛如玻璃般清脆的笛音響起，火車開始緩緩發動，卡帕奈拉也落寞地用口哨吹起了〈巡星之歌〉。

「是啊，沒錯，因為這邊一整片都是險峻的高原。」後方似乎有一位剛睡醒的老人正在高聲說話。

「如果不用棍子挖出一個二尺深的洞來播種，這裡是長不出玉米的。」

「原來是這樣啊，這裡似乎離河邊還有一段距離吧？」

「嗯，是啊，起碼有兩千尺到六千尺左右。簡直就像是座陡峭的峽谷一樣。」

對了，這裡就是科羅拉多高原了。喬邦尼忽地心想。卡帕奈拉還是一臉落寞地獨自吹著口哨，小女孩則是望著喬邦尼的視線方向，她的臉龐宛如裹著絲綢的蘋果一般光滑紅潤。突然之間，玉米樹倏地消失，眼前只看得到一片遼闊的漆黑原野。新世界交響樂的樂聲，終於從地平線的盡頭清清楚楚地湧現而來。在黑壓壓的原野上有一個印地安人，他頭上插著天鵝羽毛，手腕和胸口佩戴著許多石頭飾品，並把利箭架在小巧的弓上，飛也似地在追趕火車。

「哎呀，是印地安人！印地安人來了！你們快看！」

黑衣青年睜開了雙眼，喬邦尼和卡帕奈拉也都站了起來。

「他追來了！哎呀，他要追上來了！他在追火車對吧？」

「不，他不是在追火車。應該是在打獵或是跳舞。」青年好像忘了自己身在何處似地，雙手插在口袋裡站著說道。

印地安人看起來的確就像在跳舞一樣。如果他真的是想追上火車，腳步應該要再更扎實穩健，更認真一點追趕才對。那根插在頭上的潔白羽毛忽地往前傾倒，印地安人突然停下腳步，迅速地朝著天空拉弓射箭後，有一隻鶴便搖搖晃晃地從天而降。印地安人又開始拔腿奔跑，那隻鶴就不偏不倚地落入他張開的雙手中。印地安人一臉開心地站在那裡，臉上笑得不亦樂乎。不一會兒，印地安人拿著鶴望向這裡的身影，已經變得又小又遠了。電線桿上的絕緣礙子閃爍了兩下，眼前又再度出現一片玉米樹林。從喬邦尼這邊的窗戶望出去，可以發現火車真的行駛在高聳的山崖上，山谷底下流淌著寬廣明亮的天河。

「是啊，從這裡開始就是下坡了。現在火車要一口氣朝那裡的水面往下開，這可不是件容易的事。因為這裡實在太傾斜，絕對沒有火車能從對向開過來。你看，速度開始慢慢加快了吧。」剛才的老人似乎又在說道。

火車轟隆隆地往下坡行駛。當鐵道比較靠近山崖邊時，還可窺見山谷底下的耀眼天河。喬邦尼的心情已經漸漸變得開朗許多了。當火車經過一間小屋子時，喬邦已看到有個小孩正獨自站在屋前看向這裡，便忍不住對著他大喊了一聲。

火車轟隆隆地繼續行駛。車廂裡有一半的乘客都往後方傾倒，大家緊緊抓著座椅靠背保持平衡，讓喬邦尼看得忍不住和卡帕奈拉笑了起來。看起來洶湧湍急的天河流經火車旁邊，不時掀起粼粼波光；淡紅色的長萼瞿麥花[10]，處處盛開在河岸上。這時候火車總算是平穩下來，速度變得緩慢許多。

在兩邊的河岸上，豎立著畫有星星和十字鍬圖案的旗幟。

「那些是什麼旗幟啊？」喬邦尼終於開口說話了。

「天曉得，我不知道啊。地圖上也沒有特別註明。那邊還看得到鐵船呢！」

「是啊。」

「是不是正在架設橋梁啊？」小女孩說。

「啊，那些是工兵的旗幟，現在正在進行架橋演習。只不過好像沒看到工兵隊伍的樣子。」

這個時候，就在對岸那邊稍微靠近下游的地方，只見無形的天河河水猛然一閃，像一根柱子似地向上竄升，發出了轟然巨響。

10長萼瞿麥（Dianthus superbus L. var. longicalycinus），石竹科石竹屬，多年生草本植物，常生長於日照良好的草地或河岸。花朵一般呈淡紅色，另也有白花的種類。

「爆炸了！爆炸了！」卡帕奈拉輕輕地跳了起來。

在那水柱消失之後，巨大的鮭魚和鱒魚被拋出水面，翻著耀眼白肚，在半空畫了圓圈後又落入水中。看到這樣的情景，喬邦尼雀躍地就快要跳了起來。他說：

「是天上的工兵大隊！你們看，那些鱒魚什麼的都被拋得好高！我第一次體驗到這麼開心的旅行。心情真是太好了！」

「要是近看那些鱒魚，一定差不多都是這麼大尾吧。沒想到在這條河裡竟然有這麼多魚。」

「應該也有小魚吧？」小女孩湊進來插嘴。

「大概也有吧。既然有大魚的話，我想應該也會有小魚在。但是那裡距離太遠了，所以我們才看不見小魚吧。」喬邦尼的心情已經完全好轉，興致勃勃地笑著回答小女孩。

「那裡一定是雙子星神的宮殿！」小男孩忽然指著窗外喊道。

在右手邊的低矮山丘上，並排地矗立著兩座像是用水晶打造的宮殿。

「雙子星神的宮殿是什麼啊？」

「以前媽媽常常跟我說雙子星神的故事。那邊剛好就有兩座並排的小小水晶宮殿，所以我想一定就是那裡了。」

「你跟我說一下吧。雙子星神他們做了什麼嗎？」

「我也知道哦。就是雙子星神來到原野上玩耍，還跟烏鴉吵了起來。」

「才不是那樣子！媽媽是說在天河的河岸上啊……」

「然後彗星就咻咻咻地跑了過來啊！」

「討厭啦，你不要亂說話，那是另一個故事啦！」

「然後他們好像會在那裡吹笛子。」

「他們現在是在海裡面才對。」

「不對不對，他們已經從海裡回來了。」

「對對對。我都知道，我來說啦！」

對面的河岸突然變得一片通紅，把柳樹林映照得好漆黑，就連無形的天河浪濤也不時閃耀著細細紅光。對岸的原野燃燒著烈火，陣陣黑煙竄上雲霄，連藍紫色的冷冽天空也好像要被燒焦了一樣。那熊熊的火焰比紅寶石還要晶紅透亮，比鋰金屬還要美麗迷人。

「那是什麼火光啊？要怎麼燒才能燒出那麼赤紅的火焰啊？」喬邦尼說。

「那是天蠍之火啊。」卡帕奈拉又埋頭查找著地圖答道。

「哎呀，如果是天蠍之火的故事，我倒是很清楚哦！」

「什麼是天蠍之火？」喬邦尼問。

「因為蠍子就是被火給燒死的，而那把火就這樣一直燃燒到了現在。這個故事爸爸跟我講過好幾次了。」

「蠍子是蟲子吧？」

「是啊，蠍子是一種蟲。是好蟲子就是了。」

「蠍子才不是好蟲子！我在博物館裡看過泡在酒精裡的蠍子。老師說牠的尾巴上有個毒鈎，要是被螫到的話就會死翹翹！」

「是啊，可是我爸爸說牠還是好蟲子。聽說以前在巴爾多拉原野上有隻蠍子，牠都是專吃其他小蟲子來生活。有一天黃鼠狼發現了蠍子，想要把牠給吃掉，蠍子只好不顧一切地拚命逃跑。眼看蠍子就要被黃鼠狼抓到的時候，蠍子突然不小心跌進了一口水井裡，怎麼樣也爬不上來。就在蠍子快要被淹死的時候，牠便禱告地說：『啊啊，我這輩子不曉得已經奪走了多少條生命，結果現在輪到我要被黃鼠狼吃掉的時候，卻是這麼狼狽地在逃命。但儘管這麼拼命逃跑，到頭來還是落得這樣的下場。唉啊，一切都到此結束了。為什麼我不乖乖地把自己的肉體送給黃鼠狼呢？這樣一來，至少還能讓黃鼠狼可以多活一天啊。神啊，我求求您，請您傾聽我的心聲吧。請利用我的身體為大家帶來幸福，別讓我白白送命了。』於是蠍子的身體就在不知不覺間，燃燒成一團赤紅的美麗火焰，照亮了夜晚的黑暗。我爸爸跟我說，蠍子的火焰到現在都還在燃燒呢！所以那團火光一定就是天蠍之火！」

「是啊，你們看！那邊的三角標正好就排列成了蠍子的形狀！」

喬邦尼看到在烈火的對面，有三個三角標正好就像蠍子的手臂；排列在這一邊的五個三角標，看起來則是像蠍子尾巴和毒鈎。而那團通紅美麗的蠍子之火就這樣靜靜地燃燒，照耀出明亮的火光。

隨著火焰漸漸從火車後方遠去，大家開始聽見令人難以言喻的熱鬧樂聲，聞到宛如花草香氣的芬芳，還有夾雜著口哨聲和喧鬧鼎沸的人聲。附近似乎有什麼城鎮，鎮上的人正在慶祝著祭典的樣子。

「半人馬座啊，降下雨水來吧！」從剛才就一直睡在喬邦尼身旁的小男孩，突然望著對面窗戶大喊。

那裡佇立著不曉得是雲杉還是冷杉的翠綠樹木，宛如聖誕樹似地掛上了許許多多的小燈泡，彷彿聚集了上千隻螢火蟲一般。

「啊，對了！今天晚上是半人馬座祭嘛！」

「是啊，這裡就是半人馬村了。」卡帕奈拉馬上接著回答。（編註：宮澤賢治原稿此句後約缺一頁）

「我投的球最準了。」

小男孩得意地說道。

「馬上就要到南十字站了。我們準備下車吧。」青年對著大家說。

「人家還想要再多坐一會兒。」小男孩說。卡帕奈拉身旁的小女孩雖然不安地起身準備下車，可是她似乎還不想跟喬邦尼他們分開。

「我們必須要在這裡下車才行。」青年嚴肅地板起臉，低頭看著小男孩說。

「我不要。人家想多坐一陣子火車再過去。」

喬邦尼忍不住開口說：

「你跟我們一起走吧！我們手上的車票可以前往任何地方！」

「可是我們得要在這裡下車了。因為這裡就是前往天上世界的入口。」小女孩一臉落寞地說。

「不去天上也沒有關係吧。我的老師跟我說，我們必須要在這裡打造出比天上還要更美好的世界。」

「但是我們的媽媽已經在那裡了，而且這也是神的旨意啊！」

「你的神是假的！」

「你的神才是假的呢！」

「哪是啊！」

「你的神是什麼樣子呢？」青年笑著說。

「其實我也不太曉得。但是就算如此，真正的神還是只有一位。」

「真正的神當然只有一位啊。」

「是啊，無庸置疑的那一位就是真正的神。」

「那不就對了嗎？希望以後有一天，我們可以在那位真正的神面前再度相會。」青年虔誠地握手祈禱，小女孩同樣也握起了手。大家看起來都十分依依不捨，連臉色也顯得有些蒼白，喬邦尼甚至難過到差點放聲大哭。

「好了，大家都已經準備好了吧？馬上就要到南十字站了。」

一切就發生在這個時候。在遠處的無形天河下游，出現了一座光彩奪目的十字架，閃耀著藍色或橘色等五顏六色的璀璨光彩。十字架就像一棵大樹，聳立在天河當中閃閃發光，上頭還浮現出蒼白的雲霧光環，從後方照射出神聖光芒。車廂內掀起一陣騷動，大家就像剛才看到北方的十字架時一樣，紛紛肅然起立在做禱告。到處都能聽見像是小孩子朝著王瓜飛奔而去似的歡呼聲，以及難以形容的深深讚嘆。只見十字架漸漸移動到車窗前，那宛如蘋果果肉般蒼白的雲霧光環，緩緩地繚繞在十字架周圍。

「哈利路亞！哈利路亞！」人們發出歡欣喜悅的呼聲，還聽到從那片遠方天空，從那片冰冷的遠方天空傳來一陣清脆透亮，令人無法言喻的喇叭聲。經過眾多號誌燈和電燈燈火之後，火車漸漸放慢速度，最後不偏不倚地停靠在十字架的正前方。

「來，我們該下車了。」青年拉著小男孩的手，往對面出口的方向慢慢走去。

「再見了。」小女孩回過頭向喬邦尼和卡帕奈拉道別。

「再見。」喬邦尼強忍著快要奪眶而出的淚水，像在發脾氣似地板著臉孔說道。小女孩十分難過地睜大眼睛，又回頭看了兩人一眼後，便默默地走下火車。火車上大半乘客都下了車，頓時變得空蕩蕩的車廂顯得格外冷清，灌入了陣陣寒風。

喬邦尼和卡帕奈拉定睛一瞧，發現下車的人們都恭敬地排成一列，跪在那座十字架前的天河河灘上。接著他們還看到一位身穿莊嚴白衣的人，正越過無形的天河河水，伸出雙手朝這邊走來。此時一陣清脆的鳴笛聲響起，火車準備開始發動了。然而說時遲，那時快，有片銀霧從天河下游倏地飄蕩而來，一轉眼便遮住了視線，只看得到許多核桃樹葉片在霧中閃現著燦爛光輝，還有帶有金色光環的電動松鼠，在枝葉間露出可愛的臉龐四處窺望。

頓時間，濃霧倏然消散，眼前出現了一條不曉得會通向何處，沿途還點著一排小燈的道路。這條路就沿著鐵路延伸了好一段距離。當喬邦尼和卡帕奈拉經過燈光前時，那些小小的豆色燈火便會忽地熄滅，就好像是在對他們打招呼一樣；等到兩人都走過去之後，燈火又會再度亮起來。

回頭一望，剛才那座十字架已經變得好渺小，彷彿可以直接拿來掛在胸前似的。剛剛遇到的小女孩和青年他們，不曉得是不是還跪在十字架前的白色河灘？還是已經前往那不知道位在何方的天上世界去了？十字架那邊的景色已經變得模糊難辨，什麼也看不清楚了。

喬邦尼深深地嘆了口氣。

「卡帕奈拉，現在又只剩下我們兩個人了。不管去哪裡我們都要一直一直在一起哦！我要像那隻蠍子一樣，只要是為了大家的幸福，就算被焚身好幾百遍也無妨。」

「嗯，我也是這麼想。」卡帕奈拉的眼中泛著美麗的淚水。

「可是真正的幸福到底是什麼？」喬邦尼問。

「我也不知道。」卡帕奈拉征征地說。

「我們兩個一定要好好振作起來哦！」喬邦尼深深地吐了口氣說。他覺得胸口彷彿湧現出一股新的力量。

「啊，那是煤炭袋[11]！就是天上的洞穴哦！」卡帕奈拉像是要特意避開正確方位似地指著天河的某一處。喬邦尼往那裡一瞧，不禁嚇得倒抽了一口氣。天河裡

---

11 煤袋星雲的別稱，是位於南十字座上的暗星雲。

真的有個漆黑的巨大洞穴。無論喬邦尼把眼睛擦得多雪亮，他還是看不出那個洞穴有多深，裡面究竟有什麼東西，只感覺到眼睛在隱隱作痛。喬邦尼開口說：

「就算是身處在那樣巨大的黑暗中，我現在也已經不會再害怕了。我一定會為大家尋找真正的幸福。不管是天涯海角，我們兩個都會一起走下去！」

「是啊，我們一定會的！啊啊，那邊的原野真是美麗啊！有好多人都聚在那裡！那裡就是真正的天上世界啊！啊，我媽媽就站在那裡哦！」卡帕奈拉突然朝窗外指了指遠方的美麗原野大喊。

喬邦尼也望向了那裡，但是卻只看到一片白濛濛的景色，跟卡帕奈拉說的完全不一樣。喬邦尼覺得心裡一陣惆悵，怔怔地盯著那個方向。他看到河岸上有兩根電線桿，上面的紅色橫木彷彿相連在一起似地，讓電線桿看起來就像是手挽著手站在那裡。

「卡帕奈拉，我們要一起走下去哦！」喬邦尼一邊說一邊回頭一望，發現座位上已不見卡帕奈拉的人影，只看到黑色天鵝絨閃閃發亮。喬邦尼就像子彈一樣飛快地站了起來。為了不讓其他人聽見自己的聲音，他把身體探出窗外，用力猛捶著胸口大聲嘶吼，扯著喉嚨放聲大哭。喬邦尼覺得自己的周圍頓時變得一片黑暗。

喬邦尼睜開了眼睛。原來他累倒在之前那座山丘，在草地上睡著了。他覺得胸口莫名地燥熱，臉頰上滿是冰冷的淚水。

喬邦尼就像彈簧一樣整個人跳了起來。山下的城鎮依然是燈火通明，不過喬邦尼卻覺得那些火光，似乎比剛才還要炙熱許多。剛剛在夢中經過的天河，看起來仍是一片霧茫茫，在漆黑的南方地平線上顯得格外迷濛。位在天河右邊的天蠍座紅星熠熠閃耀，星空的整體排列看起來並沒有什麼變化。

喬邦尼一溜煙地跑下了山丘，他的心裡盡是惦記著還沒吃晚餐，正在等著他回家的媽媽。他飛快地穿過漆黑的松林，繞過灰白色的牧場柵欄，從之前經過的入口再度走進昏暗的牛舍前。那裡停著一輛剛才沒有看到的車，車上還擺著兩個木桶，看樣子好像有人回來了。

「晚安。」喬邦尼喊道。

「來了。」馬上有一位穿著白色寬褲的人走了出來。

「請問有什麼事嗎？」

「今天我家沒有收到牛奶。」

「啊，真是對不起。」那個人立刻走進屋內，拿來一瓶牛奶遞給喬邦尼，然後再度開口說：

「真的非常對不起。今天中午過後，我不小心忘記關上小牛的柵欄，結果就有小牛跑到母牛那裡，喝掉了一大半的牛奶啊……」那個人笑著說。

「原來是這樣。那我就告辭了。」

「好的，真是麻煩你了。」

「不會。」

喬邦尼雙手捧著還很溫熱的牛奶瓶，走出牧場的柵欄。

他穿過林蔭小路來到大街上，繼續走了一會兒後，便遇到一個十字路口。路口的右手邊有座大橋，離大街有一段距離，大橋就架在剛才卡帕奈拉他們放燈籠的河流上，橋頭隱約地聳立在夜色中。

然而，在十字路口的街角還有店鋪門口，都分別聚集了七、八個女子，大家望著橋的方向交頭接耳，橋上那裡也看得到許多的燈火亮光。

喬邦尼莫名地覺得胸口有一陣涼意，他突然走近附近的人群，扯著喉嚨大聲地問道：

「發生什麼事情了嗎？」

「有小孩子掉進水裡了啊。」其中一人才剛說完，那群人全都不約而同地看向喬邦尼。只見喬邦尼頭也不回地往大橋那裡跑去。橋上擠了滿滿的人，根本看不到河面。在人群當中，甚至還有穿著白衣的巡警。

喬邦尼從橋頭飛也似地衝到橋下的遼闊河岸。

眾多燈火正沿著河岸邊匆忙地上下移動，在對岸漆黑的河堤上也有七、八團火光在游移。河流中央已不見王瓜燈籠的身影，只有灰暗的河水發出微弱聲響，靜靜地在流動。

在最靠近河岸下游的沙洲上，聚集了黑壓壓的人影。喬邦尼連忙跑向那裡，一頭撞見了剛才和卡帕奈拉待在一起的馬爾索。馬爾索跑向喬邦尼身邊說：

「喬邦尼，卡帕奈拉掉進河裡了！」

「怎麼會這樣？是什麼時候的事？」

「就是薩奈利他啊，想從船上把王瓜燈籠順著水推到河裡，可是沒想到船身搖晃一下，他就掉進了河裡。卡帕奈拉見狀後立刻跳下河，使勁地把薩奈利推到船邊。雖然薩奈利有順利抓住加藤的手，可是最後卻沒看到卡帕奈拉的身影。」

「大家現在應該都在找人吧？」

「是啊，大家馬上就過來了。卡帕奈拉的爸爸也趕了過來。可是到現在還是沒有找到人。薩奈利則是已經被接回家了。」

喬邦尼往人群的方向走去，看到卡帕奈拉的父親被學生和鎮民團團圍住。卡帕奈拉的父親頂著滿是鬍渣的尖下巴，穿著黑衣筆挺地站在那裡，眼睛直盯著右手中的錶。

每個人都目不轉睛地凝望著河面，周圍一片鴉雀無聲。喬邦尼的心裡七上八下，忐忑得雙腳顫抖。眾多捕魚用的探照燈在河面上匆忙地來回穿梭，漆黑的河水微波粼粼地在流動。

下游河面映照著一整面巨大的銀河倒影，看起來彷彿真的就像是沒有水的天空。

喬邦尼覺得卡帕奈拉已經身在銀河的某個角落了。

不過大家的心裡，似乎都還在期待卡帕奈拉會從波光中冒出來說「我游了好久哦」；或是覺得他已經游到了一座無人知曉的的沙洲上，正等待著大家的救援。然而卡帕奈拉的父親卻突然斬釘截鐵地說：

「我們放棄吧。他已經落水超過四十五分鐘了。」

喬邦尼不假思索地衝到博士面前，想告訴博士自己知道卡帕奈拉的去向，自己剛剛還跟卡帕奈拉待在一起，但是喬邦尼的喉嚨卻好像哽住似地，什麼話也說不出口。博士似乎以為喬邦尼是來打招呼的，端詳了他好一陣子。

「你是喬邦尼吧？謝謝你今晚來幫忙。」博士親切地說。

喬邦尼一句話也說不出來，只是乖乖地鞠躬致意。

「你父親已經回來了嗎？」博士緊握著錶，再度開口問道。

「還沒有。」喬邦尼輕輕地搖搖頭。

「怎麼會這樣呢？我前天還收到他看起來很有精神的來信呢！他這幾天應該就會回來了。大概是船期耽誤了吧。喬邦尼，你明天放學後跟大家一起來我家玩吧。」

博士一面這麼說，視線再度望向映照著銀河的下游河面。

喬邦尼心裡百感交集，默默地離開了博士面前，從河岸一溜煙地往大街方向跑去。喬邦尼想著要趕快把牛奶送到媽媽手上，然後跟媽媽說爸爸就快要回來了。

雙子星 双子の星

雙子星一

在天河西岸，有兩顆跟筆頭菜孢子差不多大小的星星。那裡正是春瑟童子和寶瑟童子這對雙胞胎星星，所居住的小小水晶宮。

這兩座晶瑩剔透的宮殿，坐落於彼此的正對面。到了夜晚，兩位星星之神便會回到宮殿裡乖乖坐好，搭配天空傳來的〈巡星之歌〉，吹上一整晚的銀笛。這就是這對雙胞胎星星的工作。

某天早上，太陽公公威風凜凜地搖擺著身體，緩緩從東方天空升起的時候，春瑟童子放下銀笛對寶瑟童子說：

「寶瑟，已經不用再吹了吧？反正太陽已經升了上來，雲也泛著明亮白光了。今天要不要一起去西邊原野的泉水看看？」

寶瑟童子半閉著眼，還在忘我地吹著銀笛，於是春瑟童子便從宮殿走了下來，穿上鞋子，然後又登上寶瑟童子宮殿的樓梯，向他重複說道：

「寶瑟，可以不用再吹了吧？東方天空已經明亮得像在燃燒，天空底下的小鳥們也已經醒過來的樣子。今天要不要一起去西邊原野的泉水？我們可以用風車掀起迷霧，飛越小小的彩虹來玩耍！」

這時寶瑟童子總算回神過來，看到春瑟童子後嚇了一跳，連忙放下笛子說：

「啊，春瑟，剛才真是不好意思。天色都已經這麼亮了呢！我現在馬上就去穿鞋。」

於是寶瑟童子穿上白色貝殼的鞋子，兩人相親相愛地唱著歌，來到天上的銀色草原。

「天上的白雲呀，
快為太陽公公要經過的道路打掃乾淨，灑上光亮吧。
天上的藍雲呀，

快為太陽公公要經過的道路修繕整頓，填補石縫吧。」

在不知不覺間，兩人已經來到了天空之泉。

在晴朗的夜晚裡，從天空底下也能清楚望見這座泉水的模樣。這裡與天河西岸有一段距離，四周環繞著藍色的小星星。泉底鋪著青色的小碎石，美麗的泉水從石縫間咕嚕咕嚕地湧出，從泉水一端的深處形成一道清流，朝向天河奔流而去。當人間遇到乾旱時節，應該能不時見到骨瘦如柴的夜鷹和杜鵑鳥默默抬起頭，一臉遺憾地嚥著口水，仰望著這座天空之泉吧？無論多麼厲害的鳥，都沒辦法飛到這麼高遠的地方來；但像是天上的大烏鴉星、天蠍星，還有兔子星，大家都可以立刻來去自如。

「寶瑟，我們先在這裡打造一座瀑布吧？」

「好啊，我們來造個瀑布吧。我去搬石頭過來。」

春瑟童子脫下鞋走進小溪流中，寶瑟童子則在岸上開始收集起手邊的石子。

空中瀰漫芬芳的蘋果香氣。這正是獨留在西方天空的銀月吐露出的氣息。

此時突然有一陣響亮的歌聲，從原野的另一邊傳來過來：

「與天河西岸之間，

有段距離的天空之井。

水流潺潺，波光粼粼，

湛藍星星圍繞於四周。

對夜鷹和貓頭鷹，鴴[1]鳥及松鴉而言，

那是永遠也到不了的夢想仙境。」

「啊，是大烏鴉星。」童子們異口同聲地說。

大烏鴉沙沙地撥開天空芒草，大搖大擺地甩著肩膀走了過來。他披著漆黑的天鵝絨斗篷，穿著漆黑的天鵝絨束褲。

大烏鴉看到兩人便停了下來，彬彬有禮地鞠躬致意。

「哎呀，春瑟童子和寶瑟童子你們好。今天真是晴朗呀。不過每當天氣好的時候，我的喉嚨好像就會乾燥得不得了。再加上我昨晚唱歌唱得太過火，害我現在口乾舌燥。不好意思借過一下。」大烏鴉一邊說，一邊把頭探進了泉水裡。

「你不用介意，儘管喝吧。」寶瑟童子說。

1 鴴，音同「航」。

大烏鴉一口氣猛喝著水，過了三分鐘後，才總算把頭抬起來眨了眨眼，用力晃了晃頭甩開臉上的水。

就在這個時候，從另一邊又傳來了激昂亢奮的歌聲。聽到歌聲的大烏鴉臉色大變，渾身激烈地顫抖。

「掛在南方天空的紅眼天蠍，

有著劇毒尖鉤和巨大剪刀，

只有呆頭鳥不懂他的厲害。」

大烏鴉聽了火冒三丈地說：

「是天蠍星的聲音！可惡！那傢伙老愛亂罵別人是呆頭鳥！你們仔細看好！等他來到這裡後，我一定要把他那雙紅眼睛給挖出來！」

春瑟童子說：

「大烏鴉，你不可以這樣做！大王一定會發現的呀！」說時遲，那時快，紅眼睛的天蠍星已經悠哉地揮舞著兩把大剪刀，拖著長尾巴走了過來。那嘎啦作響的拖尾聲，迴盪在靜謐的天空原野上。

大烏鴉氣得全身發抖，幾乎要朝蠍子飛撲而去，雙子星只好比手畫腳地拚命安撫他的情緒。

蠍子斜著眼瞄了瞄大烏鴉，匍匐移動到泉水的深處旁。

「啊啊，我的喉嚨好乾啊。唷，雙胞胎，你們好啊。不好意思，讓我稍微喝個水吧。奇怪，這水聞起來怎麼有股土臭味呀？看來應該是哪個黑漆漆的笨蛋把頭埋了進去吧！唉，這也沒辦法，只好忍一忍了。」

於是蠍子咕嚕咕嚕地喝了十分鐘的水。蠍子在喝水的時候，還故意朝大烏鴉啪答啪答地揮動著帶有毒鉤的尾巴，一副瞧不起大烏鴉的樣子。

這下大烏鴉終於忍無可忍，張開翅膀對著蠍子嘶吼：

「喂！蠍子！你這傢伙從剛才開始就一直在罵我是什麼呆頭鳥，拼命說我的壞話！你最好趕快跟我道歉！」

這時蠍子總算離開了水邊，轉動著紅色眼睛，宛如烈火在熊熊燃燒。

「哎呀，現在到底是誰在說話啊？是那個紅色傢伙？還是這個灰色傢伙呀？就讓你嘗嘗毒鉤的厲害吧！」

怒氣衝天的大烏鴉不假思索地飛到空中怒吼道：

「什麼？你還真是囂張！看我把你頭下腳上地摔落到天空另一邊去！」

蠍子聽了也勃然大怒，迅速地扭轉龐大的身軀，把尾巴上的鉤子刺向空中。大烏鴉飛躍起來躲過這一擊，然後將鳥喙當作矛槍一般，瞄準蠍子的腦袋直衝而下。

在這之間，春瑟童子和寶瑟童子完全沒有任何插手的餘地。蠍子的頭受了重傷，大烏鴉的胸口則是被毒鉤刺傷，彼此都發出痛苦呻吟，身軀交疊在一起，雙雙昏了過去。

蠍子的血潺潺流過天空，染出一朵朵詭異的紅雲。

春瑟童子焦急地穿好鞋說道：

「糟糕了！大烏鴉中毒了！得趕快幫他把毒給吸出來！寶瑟，你可以幫我緊緊壓住大烏鴉嗎？」

寶瑟童子也穿上鞋，匆匆繞到大烏鴉身後，用力壓制住他的身體。春瑟童子把嘴巴貼近大烏鴉胸口上的傷口，寶瑟童子看了後便說：

「春瑟，你不可以把毒吞下去哦！吸出來之後一定要趕快吐出來！」

春瑟童子默默地將傷口裡的毒血吸了又吐，來來回回地大概做了六次左右。一會兒之後，大烏鴉總算甦醒過來，微微睜開眼睛說：

「啊，真是對不起。我到底是怎麼了？我記得我阻止了那傢伙的攻擊才對。」

春瑟童子說：

「必須趕快用水清洗你的傷口才行。你還有辦法走路嗎？」

大烏鴉蹣跚地站起身，看了看蠍子後，又全身顫抖地說：

「可惡！這隻天空的害蟲！讓你死在天上已經算是便宜你了！」

童子兩人趕緊將大烏鴉帶到水邊，把傷口清洗乾淨後，又對著傷口吹了幾口芬芳氣息。

「好了，你慢慢走，趁現在天還亮著的時候趕快回家吧。以後別再這樣做了。大王對大家的事情都瞭若指掌啊！」

大烏鴉看起來十分消沉，無力地低垂著翅膀，向兩人鞠躬致謝了好幾回。

「謝謝兩位！謝謝兩位！以後我一定會多加注意的！」大烏鴉一邊說一邊拖著腳步，朝向遍布銀色芒草的原野方向走掉了。

童子兩人緊接著回頭查看蠍子的狀況。蠍子頭上的傷口雖然相當嚴重，但血已經止住了。兩人汲了泉水，小心地將傷口清洗乾淨，然後輪流朝傷口呼呼地吹著氣息。

就在太陽公公登上天空的正中央時，蠍子終於稍稍睜開了眼睛。

寶瑟童子擦著汗水說：

「感覺怎麼樣？」

蠍子緩緩地輕聲說道：

「大烏鴉那傢伙死了沒？」

春瑟童子有些生氣地說：

「你還在掛念著這種事嗎？你自己都差點要沒命了。好了，快打起精神準備回去吧。要是不快點趁天色還亮的時候回去，到時候可就麻煩了啊！」

蠍子閃爍著眼神說道：

「雙胞胎，可以麻煩你們送我回家嗎？拜託你們好人幫到底吧。」

寶瑟童子說：

「那我們送你回去好了。來，你抓著我吧。」

春瑟童子說：

「來，你也扶著我吧。如果動作再不快一點，會來不及在天黑前趕回家，今晚的星星就沒辦法順利運行了。」

蠍子扶著雙胞胎，搖搖晃晃地邁出步伐。但蠍子的身體實在太重了，使兩人的肩膀都被壓得差點扭曲變形。畢竟從體型上來看，蠍子差不多是童子的十倍左右。

然而春瑟童子和寶瑟童子仍漲紅著臉，咬緊牙根，一步步地繼續向前走。

蠍子拖著尾巴，在碎石路上發出嘰嘰作響的聲音，又呼呼地吐著令人不悅的氣息，步履蹣跚地在前進。照這樣下來，一個小時也走不了十町[2]的距離。

童子們不但快承受不住蠍子的重量，蠍子的剪刀手還深深陷進他們的皮肉裡，肩膀和胸口都痛到像是失去知覺一樣。

天空的原野閃爍著耀眼白光。他們一行人已經走過七條小溪和十座草原了。

童子們走到頭昏眼花，甚至不曉得自己現在到底是在走還是站。但即便如此，兩人仍然默默地踏出一步又一步。

從出發到現在已經過了六小時了。要走到蠍子家，大概還得再花一個半小時。這時候的太陽公公，已經準備要落入西邊的山頭了。

「你可以再走快一點嗎？因為我們也得要在一個半小時內回到自己的家。你還是很不舒服嗎？傷口還很痛嗎？」寶瑟童子問道。

2町，長度單位，一町約為一百零九點九公尺。

「好，我會再走快一點。謝謝你們大發慈悲來幫我。」蠍子開始哭了起來。

「嗯，再快一點就好。傷口還會痛嗎？」春瑟童子強忍著肩膀骨頭快被壓碎的痛苦說。

太陽公公威風凜凜地晃了晃三遍身體，沉入了西邊的山頭。

「我們兩個真的該走了。怎麼辦啊，這裡有沒有人在啊？」寶瑟童子大喊。天空原野靜悄悄的，一點回聲也沒有。

西邊的雲朵火紅得耀眼，蠍子的眼睛也悲痛地散放著紅光。光芒較耀眼的星星們都已經穿上銀色盔甲，唱著歌出現在遠方的天空上。

「找到第一顆星星，希望能成為富翁。」天空底下有個小孩子，正看向那邊大喊道。

「蠍子，只剩下一點路而已，你可不可以再走快一點？你已經累了嗎？」春瑟童子問。

蠍子發出可憐的聲音說：

「我已經筋疲力盡了。請你們再幫我一下。」

「星星呀星星，星星不會單獨露臉。

會有成千上萬的星星一起出現在天上。」

天空底下又有其他小孩子在大喊了。西邊的山頭已是一片漆黑，四周紛紛出現星星的身影。

春瑟童子彎著背，彷彿快要撐不下去地說：

「蠍子，今晚我們已經遲到了，一定會受到大王的責罵。依照事情的嚴重性，說不定還有可能遭到流放。即便如此，你還是得要待在平常的工作崗位上，不然天空就會變得一團亂啊！」

「我已經累到快要死了。蠍子，拜託你再振作一點，趕快回家去吧。」

寶瑟童子這麼說完，整個人就倒了下去。蠍子哭著說道：

「求求你們原諒我。我真是個大笨蛋，連你們的一根頭髮也比不上。今後我一定會洗心革面，改過自新。我跟你們保證。」

就在此時，穿著水藍色閃光外套的閃電，從另一頭閃爍著刺眼光芒飛了過來，向童子們伸出手說道：

「我奉大王之命前來迎接兩位了。來，請兩位抓住我的斗篷吧。我馬上就帶你們回到宮殿去。不曉得怎麼回事，大王從剛才開始就一副很高興的樣子。還有就是，蠍子，你從以前開始就是個惹人厭的壞蛋啊。來，這是大王賜給你的藥，快點喝吧。」

童子們喊道：

「蠍子，再見了！你快點把藥喝下去吧！剛才的約定你也一定要遵守哦！一定要哦！再見了！」

於是春瑟童子和寶瑟童子，便一起抓著閃電的斗篷準備離開。蠍子向兩人頻頻叩頭致謝，喝完藥後又再度深深地鞠躬致意。

閃電閃耀著亮光，一行人在轉眼之間來到了剛才的泉水旁。閃電說：

「來，請兩位好好沐浴乾淨吧。這裡有大王賜給你們的新衣和新鞋。你們還有十五分鐘的時間可以準備。」

於是這對雙胞胎星星，便開心地在宛如水晶般冷冽的泉水中梳洗沐浴，套上芬芳的藍光薄衫，穿上白光熠熠的新鞋。經過一番打理後，兩人身上的疼痛和疲憊早已一掃而空，身心清爽無比。

「來，我們走吧。」閃電說。當春瑟童子和寶瑟童子再度抓住閃電的斗篷，隨著紫光一陣閃現，兩人已經站在自己的宮殿前，身旁早不見閃電的蹤影。

「春瑟童子，我們趕快去做準備吧。」

「寶瑟童子，我們趕快去做準備吧。」

兩人登上宮殿，面對面端正坐好，然後拿起手邊的銀笛。

正好就在這個時候，四處響起了《巡星之歌》的歌聲。

「天蠍閃爍著紅眼睛，
天鷹展翅遨遊天際，
小犬眨了眨藍眼珠，
巨蛇蟠踞散放光芒。

獵戶座放聲歌唱時，
露水白霜紛紛灑落，
仙女座的朦朧星雲，
宛如魚兒嘴巴形狀。

從大熊腳下的足跡，

向北延伸五倍之距，
小熊額頂上的星星，
正是巡星運行軸心。」
於是這對雙胞胎星星，開始吹起了笛聲。

雙子星二

（在天河西岸，有兩顆跟筆頭菜孢子差不多大小的星星。那裡正是春瑟童子和寶瑟童子這對雙胞胎星星，所居住的小小水晶宮。這兩座晶瑩剔透的宮殿，坐落於彼此正對面。到了夜晚，兩位星星之神便會回到宮殿裡乖乖坐好，搭配天空傳來的巡星之歌，吹上一整晚銀笛。就是這對雙胞胎星星的工作。）

某天晚上，夜空下方佈滿黑雲，雲層底下嘩啦嘩啦地降下傾盆大雨，但是春瑟童子和寶瑟童子仍是一如往常地各自坐在宮殿，面對彼此吹著笛子。突然間，愛鬧事的巨大彗星飛了過來，在兩人的宮殿呼呼地颳起泛著蒼白光芒的塵霧。彗星說：

「喂！雙子藍星！要不要出門旅行一下呀？像今晚這種天氣，不用那麼認真工作也沒差啦！就算有遇難的船隻想藉由星星辨別方位，像這樣烏雲密布的什麼也看不見；天文台的觀星人員今天也放假，大家全都在打呵欠；平常那個老愛裝模作樣觀察星星的小學生，現在也因為下雨的關係，正沮喪地待在家裡畫圖呢！更何況就算沒有你們的笛聲，星星也會照常運行啦！怎麼樣？出門旅行一下吧！明天晚上之前我一定會帶你們回來這裡的。」

春瑟童子停下笛聲說：

「在這樣的陰天裡，大王應該會原諒我們不吹笛子吧？反正我們現在也是因為好玩才吹的。」

寶瑟童子也停止了笛聲，他說：

「可是我覺得大王不可能會原諒我們擅自出門旅行。因為天氣或許會突然放晴也說不定。」

彗星說：

「放心啦！之前大王就交代過我，要我等哪天晚上烏雲密佈的時候，帶你們這對雙胞胎出門旅行玩玩呢！走啦！走啦！跟著我最好玩了哦！你們知道嗎？我的綽號可是空之鯨魚，像沙丁魚那樣嬌弱的星星，或是像青鱂魚般黝黑的隕石，通通都會被我給吞下肚。而且最痛快的一件事，就是全力往前衝刺後，立刻再來個一百八十度大迴轉，身體就會像是要被拆散似地發出嗚嗚聲響，就連光芒裡的骨頭也會嘎吱作響呢！」

寶瑟童子說：

「春瑟，我們走吧。大王好像同意我們出去玩的樣子。」

春瑟童子問道：

「可是大王真的有這樣交代過嗎？」

彗星說：

「哼！如果我說謊，就腦袋開花！讓我的頭，身體和尾巴通通四分五裂，落入海中變成海參也無妨！我才不會亂騙人呢！」

寶瑟童子開口說道：

「那你敢跟大王發誓嗎？」

彗星一副理所當然地回答：

「嗯，當然敢發誓。大王啊，請您看著吧！今天我奉大王之命，要帶雙子藍星出遊旅行。怎麼樣？這樣可以了吧？」

春瑟童子和寶瑟童子異口同聲地說：

「嗯，可以了。那我們就走吧！」

這時候彗星突然一臉嚴肅地說：

「那你們趕快抓住我的尾巴！要抓緊哦！來，抓好了嗎？」

於是兩人便緊緊抓住了彗星的尾巴。彗星吐了一口蒼白色的光芒後說：

「好，要出發囉！咻咻咻嗚！咻咻嗚！」

彗星真的就像天空裡的鯨魚一樣，微弱的星星一看到他，都拚命地在四處奔逃。轉眼之間，他們已經飛了好一段距離。春瑟童子和寶瑟童子的宮殿變得好遠好遠，已經化身成青白色的小小光點了。

春瑟童子說：

「我們已經飛了好遠哦。還沒到天河的落口嗎？」

彗星一聽，突然性情大變。

「哼！與其在意天河的落口，你們倒不如先擔心自己的處境吧！一、二、三！」

彗星猛力地甩了甩遍尾巴，還回過頭來颳起激烈的蒼白塵霧，把童子兩人都吹落了下去。

春瑟童子和寶瑟童子筆直地落入了黝藍的虛空當中。

「啊哈哈！啊哈哈！剛剛的誓言通通不算數啦！嘰嘰嘰！呼！嘰嘰呼！」彗星這麼說著，往天空的另一頭飛走了。向下墜落的童子兩人，緊緊抓住了彼此的手臂。這對雙胞胎星星無論要掉在哪裡，都要永遠跟對方在一起。

當春瑟童子和寶瑟童子穿過大氣，他們的身體便發出宛如雷鳴般的聲響，啪滋啪滋地冒出赤紅火光，刺眼到讓人頭暈目眩。兩人通過黑漆漆的雲層後，就像飛箭般墜入暗潮洶湧的海中。

春瑟童子和寶瑟童子深深地沉入了海底。然而不可思議的是，他們在水中竟然也能自由呼吸。

海底遍布柔軟的泥土，有某種黑色的巨大生物正在深深沉睡，還有緩緩飄動的叢生海藻。

春瑟童子說：

「寶瑟，這裡應該就是海底了吧。我們已經沒辦法再回到天上了。今後我們還會碰上什麼事啊？」

寶瑟童子說：

「我們都被彗星給騙了！他甚至還對大王說謊！實在太令人氣憤了！」

這個時候，他們腳邊突然有隻呈現星星形狀，發著紅光的小海星開口說道：

「你們是從哪座大海來的啊？你們身上都有藍色海星的標誌呢！」

寶瑟童子答道：

「我們不是海星，是星星。」

海星聽了，便生氣地說：

「什麼？你說你們是星星？我們海星本來通通都是星星呀！你們終究也跑來這裡了吧。什麼嘛，那你們就是海星界的新人了。是新來的大壞蛋呢！既然都因為做了壞事被貶到這裡來，就別在海底趾高氣昂地說自己是星星了。我們以前待在天上的時候，大家可都是一等一的軍人呢！」

寶瑟童子難過地抬頭往上望了望。

雨已經停了，天空一片晴朗無雲，海面也像玻璃一樣平靜無波，從海底就能清楚地望見天空。無論天河或是天之水井，天鷹座還是天琴座，全部都可以看得一清二楚。甚至連童子兩人那小小的水晶宮殿也能看得見。

「春瑟，天空上的烏雲已經全部散去，還能看見我們的宮殿。雖然天空如此晴朗，我們兩人現在卻已經變成海星了。」

「寶瑟，我們已經束手無策了。我們就在這裡跟天上的大家道別吧。雖然現在看不到大王的身影，但我們還是跟大王好好道歉吧。」

「大王啊，再見了。我們兩人從今以後，將會以海星之姿活下去。」

「大王啊，再見了。愚蠢的我們都被彗星騙了。我們從今天開始，將永遠匍匐在漆黑的海底泥沼。」

「再見了，大王，還有在天上的各位。祝福天上世界永遠欣欣向榮。」

「再見了，各位，還有令人敬仰的萬物之王，希望您能永遠守護著大家。」

眾多紅色海星紛紛聚了過來，把兩人團團圍住，然後開始七嘴八舌起來。

「喂！把衣服脫下來給我！」「喂！把劍交出來！」「快付錢繳稅！」「給我再變小一點！」「幫本大爺擦鞋子！」

就在此時，一個漆黑的龐然巨物發出嗡嗡咆哮，游過了這一群海星的頭頂。海星們見狀，都慌慌張張地鞠躬致意。只見那原本打算繼續向前游的黑色巨物忽然停下，瞇著眼睛仔細端詳春瑟童子和寶瑟童子說：

「哈哈哈，有新兵來報到呀！看來這兩人還不曉得鞠躬的規矩吧！難道你們不認識鯨魚本大爺嗎？我的綽號可是海中彗星哦！你們知道嗎？像沙丁魚那樣身材嬌弱，或是像青鱗魚那種盲眼的魚，通通都會被我給吞下肚哦！而且最痛快的事，就是筆直地往前衝刺後，慢慢畫一個圈，像是來個垂直迴轉一樣，身體的油脂彷彿黏糊糊地攪和在一起呢！好啦，你們有帶被天上世界流放的證明書吧？快點拿出來吧！」

兩人一聽，彼此面面相覷。春瑟童子說：

「我們沒有那樣東西。」

鯨魚勃然大怒地吐了一口水出來。海星們臉色大變，全被嚇得不知所措。然而春瑟童子和寶瑟童子仍強忍著恐懼，端正地站在那裡。

鯨魚一臉凶狠地說道：

「沒有帶證明書是吧？你們這兩個混帳！無論在天上曾是多麼作惡多端的大壞蛋，只要來到這裡，也沒人敢不帶證明書過來！你們這些傢伙實在太不像話了！好，看我把你們通通吞下肚！給我認命吧！」鯨魚張開大口，準備要把兩人給吞進去。海星和附近的魚兒不是連忙鑽進土裡，就是一溜煙地逃得遠遠的，深怕自己遭到無妄之災。

此時，從另一頭突然射來一道銀色光芒，有一隻小海蛇游了過來。鯨魚一見到海蛇，便急忙閉上嘴巴，看起來十分錯愕的樣子。

海蛇盯著春瑟童子和寶瑟童子的頭頂，納悶地看了老半天，然後開口說道：

「兩位是怎麼了嗎？你們似乎不像是因為做了壞事，才從天上被貶下來的。」

鯨魚在一旁插嘴說：

「這些傢伙沒有帶流放的證明書來呢！」

海蛇眼露凶光地瞪著鯨魚說：

「給我閉嘴！少自以為是了！你憑什麼亂喊這兩位是『這些傢伙』？你難道沒看見他們頭頂上，都有代表行善者的光圈嗎？如果是做盡壞事的人，頭頂上會出現張著大嘴的黑影，一看就能分辨出來。兩位星星，請你們往這裡來，我帶你們去大王那裡。喂，海星們！快點把燈點上！喂，鯨魚！你要是敢再隨便亂來就給我試試看！」

鯨魚搔了搔頭，然後叩頭致意。

令人驚訝的是，放著紅光的海星們竟然整齊地排成兩列，看起來就像是兩排路燈一樣。

「來，我們走吧。」海蛇甩著白髮，恭恭敬敬地說道。於是春瑟童子和寶瑟童子便跟在海蛇身後，走過那條海星大道。過了不久，在一片黝藍的水光之中，出現了一扇巨大的白色城門。只見那扇城門自動開啟，門後頓時竄出為數眾多的海蛇前來迎接，帶領雙胞胎星星來到海蛇王面前。留著長長白鬚，年事已高的海蛇王笑咪咪地對著他們說：

「兩位就是春瑟童子和寶瑟童子吧。真是久仰大名了。前陣子你們不顧自身安危，讓那位天蠍改過向善的事蹟，也全都傳了過來。我還下令將這段故事，編進這裡的小學教科書裡。這次遭遇了這場大難，想必兩位一定飽受驚嚇了吧。」

春瑟童子說：

「能聽到您的這一席話，實在令我們誠惶誠恐。我們現在已經無法再回到天上了，如果這裡有什麼需要幫忙的地方，我們一定會竭盡所能，全力以赴。」

海蛇王說道：

「不不不，您實在太謙虛了。我馬上請龍捲風送你們回天上吧。等你們回去之後，再麻煩兩位代為轉告天空之王，說海蛇向他請安問好。」

寶瑟童子開心地說：

「這麼說來，您認識我們的大王嗎？」

海蛇王慌張地從椅子上站起來說道：

「不，你誤會了。天空之王對我來說，是我唯一景仰的王。從遙遠的過去開始，他就是我的恩師。我只是他愚昧的奴僕罷了。不對，這樣您可能還是聽不明白。不過我想總有一天，您應該就會了解了吧。那麼趁現在天還沒亮，我趕快請龍捲風帶兩位回去吧。喂喂！都準備好了嗎？」

一名海蛇侍從答道：

「是的，已經在門口等候兩位大駕了。」

春瑟童子和寶瑟童子向海蛇王深深地一鞠躬。

「海蛇王，那就請您多多保重了。改天我們一定會再來向您鄭重致謝，願您的王國能永遠繁榮興盛。」

海蛇王起身說道：

「也願兩位今後能繼續在天上散放璀璨光芒。那麼就請多多保重了。」

海蛇侍從也一齊向春瑟童子和寶瑟童子鄭重地鞠躬致意。

於是童子們走出了城門。

銀色的龍捲風正蟠踞在門口睡得香甜。

一名海蛇將兩人安置在龍捲風的頭上。

兩人便緊緊抓住了龍捲風頭上的角。

此時，泛著紅光的海星成群結隊地聚了過來大聲喊道：

「再見了！請代我們向天空之王問好。希望我們有一天也能獲得原諒。」

春瑟童子和寶瑟童子一同答道：

「我們一定會替各位轉達的。希望以後我們能在天上再度相見。」

龍捲風緩緩地站起身。

「再見，再見了！」

龍捲風已經將頭探出漆黑的海面了。說時遲，那時快，周圍突然響起劈哩啪啦的激烈巨響，龍捲風就像一根飛箭，隨著水柱直衝雲霄。

距離天亮還有好一段時間。天河已經越來越近，也能清楚看見春瑟童子和寶瑟童子的宮殿了。

「請兩位看看那裡。」龍捲風在黑暗中說道。

他們定睛一瞧，那顆綻放蒼白光芒的巨大彗星正四分五裂，頭尾和身體全都支離破碎，伴隨瘋狂的慘叫聲和刺眼亮光墜入漆黑大海中。

「那傢伙要變成海參了。」龍捲風靜靜地說。

天上的〈巡星之歌〉已清晰地迴響在耳邊了。

童子們終於抵達了宮殿。

龍捲風放下兩人，道了聲「再見，請多保重」，便像一陣風似地回到了海裡。

雙胞胎星星登上各自的宮殿，端正坐好，然後向不見身影的天空之王說道：

「我們因為個人疏忽而怠忽職守了一陣子，實在是萬分抱歉。但多虧大王不計前嫌，讓我們有幸獲得大王的恩惠，在今晚順利得到了幫助。另外我們要轉達海底之王對您的無窮敬意，以及海底的海星們也期盼您大發慈悲原諒他們。最後我們還有一事相求，如果您願意的話，希望您能寬恕變成海參的彗星，對他網開一面。」

兩人說完，便拿起了手邊的銀笛。

東方天空已經泛成一片金黃，距離天亮不遠了。

國家圖書館出版品預行編目資料

宮澤賢治短篇小說集II／宮澤賢治著、許展寧譯.—— 初版 —— 臺中市：好讀, 2017.3 面：公分，——（典藏經典；101）

ISBN 978-986-178-419-9（平裝）

861.57　　106002518

好讀出版

典藏經典101

宮澤賢治短篇小說集II

（收錄銀河鐵道之夜等10篇小說）

作者／宮澤賢治
翻譯／許展寧
總編輯／鄧茵茵
文字編輯／莊銘桓
行銷企劃／劉恩綺
發行所／好讀出版有限公司
台中市407西屯區何厝里19鄰大有街13號
TEL:04-23157795　FAX:04-23144188
http://howdo.morningstar.com.tw
（如對本書編輯或內容有意見，請來電或上網告訴我們）
法律顧問／陳思成律師

戶名：知己圖書股份有限公司
劃撥專線：15062393
服務專線：04-23595819轉230
傳眞專線：04-23597123
E-mail：service@morningstar.com.tw
如需詳細出版書目、訂書、歡迎洽詢
晨星網路書店 http://www.morningstar.com.tw

印刷／上好印刷股份有限公司 TEL:04-23150280
初版／2017年3月15日
定價／280元
如有破損或裝訂錯誤，請寄回台中市407工業區30路1號更換（好讀倉儲部收）

Published by How Do Publishing Co., LTD.
2017 Printed in Taiwan
ISBN 978-986-178-419-9

讀者回函

只要寄回本回函，就能不定時收到晨星出版集團最新電子報及相關優惠活動訊息，並有機會參加抽獎，獲得贈書。因此有電子信箱的讀者，千萬別吝於寫上你的信箱地址

書名：宮澤賢治短篇小說集Ⅱ（收錄銀河鐵道之夜等10篇小說）

姓名：＿＿＿＿＿＿＿＿ 性別：□男 □女 生日：＿＿ 年 ＿＿ 月 ＿＿ 日

教育程度：＿＿＿＿＿＿＿＿＿＿＿＿

職業：□學生 □教師 □一般職員 □企業主管
□家庭主婦 □自由業 □醫護 □軍警 □其他＿＿＿＿＿＿

電子郵件信箱（e-mail）：＿＿＿＿＿＿＿＿＿＿＿＿ 電話：＿＿＿＿＿＿＿＿

聯絡地址：□□□ ＿＿＿＿＿＿＿＿＿＿＿＿＿＿＿＿＿＿＿＿

你怎麼發現這本書的？

□書店 □網路書店（哪一個？）＿＿＿＿＿＿＿＿ □朋友推薦 □學校選書
□報章雜誌報導 □其他＿＿＿＿＿＿＿＿＿＿＿＿＿＿＿＿

買這本書的原因是：＿＿＿＿＿＿＿＿＿＿＿＿＿＿＿＿＿＿＿

□內容題材深得我心 □價格便宜 □面與內頁設計很優 □其他＿＿＿＿＿＿

你對這本書還有其他意見嗎？請通通告訴我們：

＿＿＿＿＿＿＿＿＿＿＿＿＿＿＿＿＿＿＿＿＿＿＿＿＿＿＿＿＿＿

你買過幾本好讀的書？（不包括現在這一本）

□沒買過 □1～5本 □6～10本 □11～20本 □太多了

你希望能如何得到更多好讀的出版訊息？

□常寄電子報 □網站常常更新 □常在報章雜誌上看到好讀新書消息
□我有更棒的想法＿＿＿＿＿＿＿＿＿＿＿＿＿＿＿＿＿＿＿

最後請推薦五個閱讀同好的姓名與E-mail，讓他們也能收到好讀的近期書訊：

1. ＿＿＿＿＿＿＿＿＿＿＿＿＿＿＿＿＿＿＿＿＿＿＿＿＿＿＿＿
2. ＿＿＿＿＿＿＿＿＿＿＿＿＿＿＿＿＿＿＿＿＿＿＿＿＿＿＿＿
3. ＿＿＿＿＿＿＿＿＿＿＿＿＿＿＿＿＿＿＿＿＿＿＿＿＿＿＿＿
4. ＿＿＿＿＿＿＿＿＿＿＿＿＿＿＿＿＿＿＿＿＿＿＿＿＿＿＿＿
5. ＿＿＿＿＿＿＿＿＿＿＿＿＿＿＿＿＿＿＿＿＿＿＿＿＿＿＿＿

我們確實接收到你對好讀的心意了，再次感謝你抽空填寫這份回函

請有空時上網或來信與我們交換意見，好讀出版有限公司編輯部同仁感謝你！

好讀的部落格：http://howdo.morningstar.com.tw/

好讀的臉書粉絲團：http://www.facebook.com/howdobooks

請填妥後對折黏貼，直接投郵即可，無須貼郵票。

廣告回函
臺灣中區郵政管理局
登記證第3877號
免貼郵票

好讀出版有限公司　編輯部收

407 台中市西屯區何厝里大有街13號
電話：04-23157795-6　傳眞：04-23144188

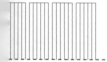

沿虛線對折

購買好讀出版書籍的方法：

一、先請你上晨星網路書店http://www.morningstar.com.tw檢索書目
　　或直接在網上購買

二、以郵政劃撥購書：帳號15060393 戶名：知己圖書股份有限公司
　　並在通信欄中註明你想買的書名與數量

三、大量訂購者可直接以客服專線洽詢，有專人爲您服務：
　　客服專線：04-23595819轉230 傳眞：04-23597123

四、客服信箱：service@morningstar.com.tw